D0595082

DU MÊME AUTEUR

Les soupers de fête, Boréal, 1991.
Chroniques de l'air du temps, Boréal, 1993.
Autour de Dédé Fortin, Leméac, 2001.
Comment devenir un monstre, Leméac, 2004 ; Babel, 2006.
Comment devenir un ange, Leméac / Actes Sud, 2005.

LE TRAVAIL DE L'HUÎTRE

Illustration de la couverture : Alfonse Mucha, *Le gouffre* (détail), vers 1898-1899, pastel sur papier marouflé sur toile, coll. Musée d'Orsay, Paris.

Leméac Éditeur remercie le ministère du Patrimoine canadien, le Conseil des arts du Canada, la Société de développement des entreprises culturelles du Québec (SODEC) et le Programme de crédit d'impôt pour l'édition de livres du Québec (Gestion SODEC) du soutien accordé à son programme de publication.

ISBN 978-2-7609-2827-5

JEAN BARBE

Le travail
de l'huître

roman

LEMÉAC

Pour mes morts,
À mes vivants.

L'huître se referme longtemps sur sa douleur :
Elle se cache et attend, au sein des profondeurs.
Nous sommes comme la chair et le sable incrusté :
Nous sommes ce qui blesse et ce qui est blessé.
Où tu vois la beauté, je ne vois qu'un massacre ;
Nos vies sont misérables mais enrobées de nacre.

Geoffroi de Malbœuf, **La légende du siècle.**

LA SOLITUDE DES MIROIRS

Au moment de sa disparition, Andreï Léonovitch proposait encore une fois d'assassiner le tsar.

C'était un tout jeune homme grand, fort et brun, partagé entre une colère qui ne le quittait jamais et la timidité qui l'empêchait de l'exprimer. Grandi trop vite, il avait des maladresses de chiot qui le faisaient rougir. Il enviait l'assurance de ses aînés, mentait sur son âge et portait une barbe pour cacher la rondeur de ses joues, mais au lieu de le vieillir, sa pilosité achevait de lui donner un air étrange, pas du tout à la mode de la capitale, dont il ignorait d'ailleurs les subtilités.

Sa mère était morte en lui donnant la vie. La tante qui l'avait recueilli le lui avait souvent reproché. C'était une femme acariâtre et mesquine qui avait plus ou moins vendu la sœur d'Andreï à un maquignon de passage. Quant à son père, c'était un ivrogne invétéré, bûcheron de surcroît, que la hasardeuse combinaison du maniement de la hache et de l'ingestion d'alcool avait laissé paralysé après un accident en forêt. Bien qu'il ait perdu l'usage de la moitié inférieure de son corps, ses bras étaient restés musclés et noueux, ce que ne manquait pas de vérifier le jeune Andreï dès qu'il avait le malheur de passer à sa portée.

Dans un si petit village de Sibérie, à peine quelques dizaines d'habitations frileusement entassées autour d'une scierie, tout le monde vous connaissait, pas moyen d'y échapper. Fils de Léon vous étiez, fils de Léon vous resteriez jusqu'à la fin de vos jours, ce qui n'était guère reluisant quand ledit Léon ne savait que boire jusqu'à l'abrutissement. Andreï était parti sans dire adieu le jour de ses seize ans; dans les brumes de l'alcool qui lui tenait compagnie, son père ne s'était probablement pas encore rendu compte de la disparition de son fils.

Andreï avait la ferme intention de s'inventer une autre existence que celle qu'il avait vécue jusqu'alors. Mais à peine débarqué dans le tourbillon pétersbourgeois, il fut tour à tour dévoré d'envie et profondément dégoûté par l'étalage des richesses de la haute société. Cette ambivalence ne s'arrangeait pas dans les bas quartiers où croupissaient ses semblables, alors qu'Andreï ressentait à la fois le désir d'aider les pauvres et l'envie de les fuir.

Bien nulle part, il vivotait à la journée en exécutant des tâches ingrates qui ne sollicitaient que ses muscles, laissant à son esprit toute la latitude requise pour s'égarer à la poursuite de désirs contradictoires. Il fendait du petit bois pour un bordel et charriait une fois la semaine des légumes au marché. Les quelques pièces ainsi gagnées ne lui permettaient pas de manger à sa faim.

Un soir qu'il se demandait où dormir, quelques semaines à peine après son arrivée dans la capitale, il avait vu s'écrouler à la sortie d'une taverne un étudiant trop soûl pour marcher. Andreï s'était avancé; le jeune homme l'avait engagé sur-le-champ pour l'aider à rentrer chez lui. Si l'étudiant n'avait plus de jambes, il lui restait de la voix. Juché sur les épaules d'Andreï, il gueula pendant tout le trajet des slogans politiques qui devaient être drôles puisqu'il riait beaucoup en les prononçant.

L'étudiant habitait une chambre dans une bonne pension. Il pilota Andreï jusqu'au troisième étage, lui tirant les oreilles et lui criant des ordres comme à un bourrin. Devant sa porte, il retrouva comme par enchantement le plein usage de ses membres et congédia son porteur d'une poignée de piécettes et de quelques feuillets politiques qu'il lui fourra dans la poche avec un clin d'œil.

Plus tard cette nuit-là, à la lueur d'une chandelle de suif, appuyé contre un mur humide, à l'abri du vent dans une ruelle du quartier des tanneries, Andreï avait tenté de les lire. Comme il tombait de sommeil, il n'avait retenu des pamphlets anarchistes de Netchaïev et de Proudhon que cette grande idée qui sembla soudain éclairer son obscure existence : de même qu'il faut déplacer un obstacle quand la route est bloquée, on devait éliminer le tsar pour l'avancement du peuple russe.

La simplicité de la démonstration l'enchanta.

Il en rêva, cette nuit-là, entortillé dans sa pelisse, grelottant, affamé : il rêva du Grand Incendie. Il se vit en rêve tirer une balle dans l'œil du tsar et il vit la foule nombreuse scander son nom pour l'en remercier.

C'est à ce moment précis que la révolution devint pour lui la promesse confuse d'un dénouement des tensions du social et de l'intime confondus. Il avait toujours eu une conscience aiguë de son insignifiance. Pauvre, ignorant, coupable, piétiné, se torturant lui-même quand, distrait ou distant, le Pouvoir cessait pour un temps de l'accabler, Andreï *était* le peuple russe. Athée, peut-être, mais alors avec une ferveur bien orthodoxe, gelé en hiver, persécuté par les moustiques en été, crotté toute l'année, et pourtant pur, si pur ! Un enfant naïf et cruel, effrayé par ses propres cauchemars, émerveillé d'un rien, toujours assoiffé, toujours affamé… Et c'était à ce sort qu'il souhaitait échapper en éliminant celui qui avait pour nom Alexandre II, tsar de toutes les Russies. En le tuant,

15

Andreï délivrait son peuple de la tyrannie, certes, mais du même coup, il devenait *quelqu'un*. Son nom serait écrit dans les livres d'histoire. On publierait son portrait dans les gazettes.

Le lendemain matin, il guetta l'étudiant à la sortie de la pension, le suivit puis l'accosta discrètement afin de lui offrir ses services. Le jeune homme rit longuement puis accepta de le mettre à l'épreuve. Dès lors, Andreï Léonovitch se présenta chaque mercredi après-midi dans l'arrière-salle d'un tripot avec sous le bras quatre bouteilles de bonne vodka, dont on l'avait assuré qu'elle était le premier ingrédient de toute révolution réussie, et tout ce qu'il avait pu chiper de tabac anglais.

Ses camarades acceptaient ses offrandes mais discutaient interminablement sans jamais passer à l'action. Ceux-là étaient fils de bourgeois promis à de belles situations ; ils avaient beaucoup plus à perdre qu'à gagner d'une révolution, et ils le savaient. Conspirer suffisait à les titiller. Dans vingt ans, ils écraseraient une larme au souvenir de cette dangereuse époque de leur jeunesse, l'une des meilleures assurément, à classer au même rang que les beuveries universitaires et les premières visites aux putes.

Cela faisait treize mois qu'ils échafaudaient des plans sans les mettre à exécution. Andreï Léonovitch sentait l'impatience le gagner. Né pauvre, il craignait de le rester, et il ne pouvait oublier qu'il était vierge comme une peau de fesse, un puceau que le parfum d'une dame terrorisait plus que la police secrète d'un tsar. Sans argent et sans terres, sans éducation mais pas sans rêves, il n'avait aucune chance d'exister aux yeux de ceux et de celles qui faisaient tourner le monde, à moins que ne se produise très bientôt un événement extraordinaire.

C'est pourquoi, ce soir-là, lorsqu'il en revint à son idée d'une bombe sur le passage du tsar, Andreï

Léonovitch tapa si fort du poing sur la table que la bouteille de vodka vacilla sur son cul, tomba sur le côté en répandant son contenu et roula en glougloutant avant d'aller se fracasser sur les dalles de pierre. En se penchant pour rattraper la bouteille, Andreï s'était cogné la tête contre le bord de la table en bois de noyer. Il hurla de douleur et de colère, puis secoua la tête pour chasser les étoiles qui avaient envahi son champ de vision.

Les autres membres de l'assistance, eux, avaient suivi des yeux la trajectoire de la bouteille sans penser un seul instant à intervenir, comme s'il s'était agi du Destin en marche. Et ce n'est qu'une fois le Destin accompli qu'ils parurent reprendre leurs esprits : deux d'entre eux se penchèrent pour ramasser tandis qu'un troisième se levait pour prendre une autre bouteille sur le buffet. Quelques minutes plus tard, tout était rentré dans l'ordre et la réunion put continuer. Mais sans Andreï Léonovitch, car s'il y était toujours, on faisait comme s'il n'y était pas.

Mes amis, mon projet, le tsar... dit Andreï.

Personne ne lui répondit. Personne ne le regardait. Les conspirateurs parlaient entre eux à voix basse, élaborant leurs habituels plans timorés ponctués de blagues salaces.

Ce n'est pas le moment de rire, dit encore Andreï Léonovitch, avec la même absence d'effet.

Jamais encore on ne l'avait traité avec autant d'indifférence. Il eut beau insister, devenir tout rouge à force de colère et de frustration, il dut bientôt se rendre à l'évidence : ses camarades préféraient l'ignorer plutôt que d'envisager sérieusement l'assassinat du tsar.

Puisque c'est ainsi, dit-il en se dirigeant vers la sortie.

Mais la dignité ne faisait pas partie de ses attributs, pas encore. Il se retourna sur le seuil, les yeux emplis de larmes, sa voix tremblait d'un mélange de suppliques et d'imprécations. Pourtant rien n'y fit et la colère l'emporta : il sortit en claquant la porte et un miroir se décrocha du mur.

Sept ans de malheur, ricana Andreï Léonovitch, qui y croyait encore un peu.

Il se retrouva dans la rue, à marmonner dans sa barbe sous les derniers rayons chauds d'un soleil automnal. Les passants, nombreux dans cette partie de la ville, ne faisaient pas attention à lui ; plusieurs le bousculèrent sans s'excuser, mais Andreï Léonovitch était à ce point affecté par l'affront de ses camarades qu'il resta plongé dans ses pensées, insensible pour un temps aux petites contrariétés du monde extérieur.

Comme toujours quand il était dans ces états-là, il souhaitait retrouver la présence d'Éva, et c'est vers elle que ses pas le portaient. Éva. Cheveux en broussaille, yeux charbonneux, une voix à peine plus forte qu'un murmure. Il avait eu de la chance de tomber sur elle dans une ville de près de huit cent mille habitants, une grande capitale moderne où il était si facile de se fondre dans la masse et de passer inaperçu. C'était un avantage pour un assassin de tsar en puissance, mais l'anonymat avait aussi ses mauvais côtés, que la pauvreté aggravait, en particulier la solitude et le sentiment de ne compter pour rien.

Éva aussi était fille de paysan. Comme lui, elle avait cherché à Saint-Pétersbourg un refuge, une réinvention d'elle-même, un moyen d'échapper à la misère qui était le lot des siens depuis des générations. Elle se prostituait, bon, ce n'était pas exactement le genre de réinvention dont elle avait rêvé, mais il faut bien vivre, et elle le faisait avec tant de douceur, tant d'ingénuité, tant de cœur qu'il était difficile de penser à elle comme à une femme perdue. Elle se donnait, tout simplement. Elle avait un don. Et ce don, c'était elle.

Quand Andreï avait un peu d'argent, il lui arrivait de l'offrir à Éva afin qu'elle puisse prendre un peu de repos en sa compagnie. Il était particulièrement fier de cette grandeur d'âme, même si, en secret, il rêvait qu'elle fasse un premier pas dont il se montrait incapable. En attendant, assis sur le lit, il lui parlait comme il n'avait jamais parlé jusqu'ici de sa mère morte, de sa tante acariâtre, de sa sœur vendue et de son père détrempé ; il lui parlait de tout sauf de ses projets politiques, car il craignait sa désapprobation. Il avait du reste juré de garder le secret.

Elle écoutait patiemment la litanie de ses malheurs, elle le regardait de ses yeux charbonneux, puis elle le grondait gentiment avec sa voix si douce. Alors, au bout d'une heure, il s'en allait, le cœur momentanément allégé de ses misères de jeune homme pauvre et rêveur, ignorant et bafoué.

Lorsqu'il y arriva, il frappa longtemps du plat de la main à la porte du bordel sans que rien se produise. Il songea qu'il était peut-être trop tôt, ou qu'on lavait les draps, mais en reculant de quelques pas, il put voir par la fente entre les rideaux un mouvement à l'étage.

À ce moment précis, un boyard encanaillé se présenta devant la porte, cogna deux fois d'un index replié et se vit immédiatement ouvrir par Micha, le portier. Ce dernier fit entrer le client puis sortit la tête pour jeter un coup d'œil aux environs. Après quoi il referma la porte sans paraître se soucier une seule seconde de la présence d'Andreï à deux mètres droit devant.

Trop choqué pour réagir, Andreï Léonovitch s'apprêtait à émettre un juron bien de chez lui lorsqu'il vit du coin de l'œil un fiacre qui déboulait. La rue était large, mais ni le cheval ni le cocher ne semblèrent vouloir éviter la collision. Andreï leur fit face en agitant les bras. Une fraction de seconde avant l'impact, il se jeta sur le côté et alla violemment donner de l'épaule contre la porte du bordel, qui s'ouvrit sous le choc.

La seconde d'après, Andreï était à quatre pattes sur un tapis de Perse. Il eut le temps de voir la porte se refermer d'elle-même après avoir rebondi contre le mur. Son cerveau enregistra l'image de cinq ou six femmes à différents stades de la dénudation et de trois hommes qui les reluquaient en évaluant la marchandise. Assis sur un tabouret, près de la porte, Micha le portier lisait tranquillement son journal. Quelque chose clochait. Pas une réaction à son arrivée intempestive, pas un cri, pas une exclamation, pas un mouvement de surprise. Pas un seul regard étonné dans sa direction. Chacun poursuivait sa petite affaire sans se soucier de lui.

Andreï se rua vers l'escalier, le grimpa trois par trois, dépassa à la course une, deux, trois portes et ouvrit la quatrième à la volée. Éva était là, allongée sur son lit. Il en ressentit un immense soulagement, quoiqu'elle fût nue, couchée sur le dos, les jambes repliées et les cuisses écartées, de sorte qu'il put constater que sa toison pubienne était tout aussi broussailleuse que sa chevelure.

Alors ? dit Éva en regardant dans sa direction.

Point de douceur dans cette voix-là, plutôt un accent du faubourg qu'il ne lui connaissait pas.

J'arrive, répondit une voix d'homme en provenance d'un coin de la chambre que le battant de la porte lui cachait.

Andreï s'avança d'un pas. Voilà en effet qu'il arrivait, après avoir retiré ses chaussettes : un quadragénaire bedonnant au sexe à demi dressé qui battait la mesure en approchant du lit.

Oh ! Mon loup ! susurra la femme.

Ce n'était pas *son* Éva. C'était une autre, non pas conforme à ses désirs, mais plutôt à ceux du quadragénaire, cela, Andreï Léonovitch le comprit en un instant, de même qu'il comprit que jamais l'autre Éva, la sienne, ne lui aurait laissé voir cet aspect de son métier si elle avait eu conscience de sa présence. Il tourna le dos à la scène qui s'amorçait (soupirs, grognements, membres entremêlés, humidité) et s'approcha, le cœur affolé, de la petite coiffeuse et de la chaise placée devant, sur laquelle le client avait soigneusement déposé ses vêtements. Il les voyait : chaussettes, chemise, pantalon, bretelles, gilet et veste, et il les voyait, réfléchis dans le miroir de la coiffeuse, de même qu'il voyait le lit, là, derrière son épaule – mais de ceux dont il entendait dans son dos les halètements de bêtes en rut, il n'y avait aucune trace dans le reflet du miroir.

En revanche il y était, lui, Andreï Léonovitch, seul, si seul, avec sa pelisse et ses bottes de paysan, sa grosse barbe bouclée et ses deux yeux en soucoupes, immenses et noirs – deux yeux emplis de frayeur, comme s'ils contemplaient à l'instant un fantôme.

Il eut l'impression d'étouffer. Cherchant l'air, il quitta précipitamment la chambre d'Éva, dégringola l'escalier plus qu'il ne le descendit, traversa la pièce d'entrée dans l'indifférence des putes et des messieurs pour se retrouver, haletant, dans la rue qu'il avait quittée tout à l'heure sans se douter de rien. Il courut encore comme un possédé, ou plutôt comme un dépossédé, puisqu'il constatait maintenant les signes de son inexistence : il fendait la foule et les habitants de Saint-Pétersbourg étaient une mer indifférente qui se scindait devant lui et se recomposait derrière sans conserver aucune trace de son passage.

C'était encore un enfant dans un corps d'homme. Combien de fois avait-il couru dans les champs et les forêts pour échapper aux coups et aux mesquineries ? Combien de fois avait-il espéré qu'en courant assez vite, il pourrait échapper aux griffes du désespoir, échapper à lui-même en se dépassant pour laisser derrière ses peines et ses plaies ? Peut-être aussi espérait-il que l'effort physique donnerait une substance à son corps et qu'il rejoindrait ainsi la réalité du monde.

Mais, comme d'habitude, il n'obtint qu'une douleur aux poumons et des cuisses tétanisées. Il dut ralentir, suant et grimaçant, en s'engageant sur le pont de la Fonderie qui enjambait la petite Neva, et il en avait dépassé le milieu lorsqu'il s'arrêta tout à fait, incapable de faire un pas de plus.

Un vieillard jetait du pain sec aux mouettes qui se battaient dans les airs en y laissant des plumes. Il restait un quignon, que l'homme réduisit en miettes dans sa paume avant de les projeter bien haut. Les miettes s'élevèrent dans le ciel puis retombèrent en pluie sur le dos et les épaules d'Andreï Léonovitch qui, courbé, tentait péniblement de reprendre son souffle. Aussitôt, les mouettes attaquèrent en fondant sur lui. Vingt becs acérés et quarante pattes griffues lui labourèrent le dos, le cou et le visage, et Andreï se redressa en proie à la panique dans un tourbillon blanc tacheté de noir et dans un vacarme de cris aigus. Il agita les bras pour se défendre des monstres volants, mais les oiseaux l'ignoraient et se disputaient rageusement les bouts de pain.

Andreï recula sous l'assaut, le bas de son dos heurta violemment la rambarde du pont et il bascula à la renverse dans les eaux froides de la petite Neva. Il tomba et s'enfonça dans l'eau sous le poids combiné de sa pelisse mouillée et de ses bottes aux lourdes semelles.

Il eut d'abord l'impression de se glisser dans un silence moelleux. Le froid soulageait ses blessures, engourdissait ses sens. Au bout d'un moment, il eut conscience d'avoir touché le fond. L'eau était cristalline. Tout était calme. Il ne voyait pas bien pourquoi il devait faire l'immense effort de remonter à la surface.

Quelque chose là-bas bougeait pourtant, grouillait. Quelque chose d'horrible et de mouvant, qui se décomposait puis reprenait forme dans une logique de cauchemar. Andreï Léonovitch ouvrit la bouche et laissa échapper une grosse bulle d'air dans un hoquet de panique. Un énorme banc de petits poissons argentés, effilés comme des lames, fonçaient droit sur lui avec l'intention évidente de lui passer à travers le corps.

Pendant des années, le cauchemar des poissons reviendrait le hanter périodiquement. Un jeune homme était tombé dans la petite Neva, un autre en était ressorti. À chaque fois qu'il se résignerait à monter à bord d'un navire pour traverser des lacs, des fleuves ou des mers, il aurait un haut-le-cœur à réprimer. Même au cœur du grand désert d'Afrique, alors que déjà sa barbe se parsèmerait de fils blancs, la vision frétillante des poissons en masse compacte agiterait son sommeil, et chaque gorgée d'eau saumâtre bue à même la gourde en peau de chèvre lui rappellerait la sensation des centaines de petits corps mous, gluants et froids sur son visage et son torse. Tout avait commencé là, déciderait-il plus tard. Même si sa disparition effective s'était accomplie quelque temps auparavant, la conscience exacte de son sort lui avait été révélée en cet instant précis, quand le banc de poissons avait voulu lui poignarder le corps.

Car les poissons ne distinguaient ni sa masse si ses contours. Ils rencontraient un obstacle qui n'existait pas pour eux et ne voyaient aucune raison de dévier de leur trajectoire. Ils collaient au corps invisible d'Andreï Léonovitch en cherchant un passage. Ils s'étaient agglutinés jusqu'à le recouvrir d'une armure gluante sans cesse en mouvement. Andreï en avait dans les yeux et les oreilles, dans la barbe, dans la bouche, dans les plis de ses vêtements. C'était à la fois horrible et, d'un point de vue documentaire, fort instructif.

Le souffle qu'il avait retenu jusque-là commençait décidément à lui manquer. Andreï se mit à se débattre au fond de la petite Neva. Avec de grands gestes désordonnés, il tenta de chasser les poissons de ses yeux et de sa bouche. Sous ses semelles, il sentait le lit de la rivière, mélange de roche et de limon. Il lutta pour se débarrasser de sa pelisse, y parvint puis s'accroupit pour se donner un élan et... Il émergea hors de l'eau jusqu'à la taille. À cet endroit, la petite Neva était peu profonde : les cheveux d'Andreï ondulaient à la surface quand il avait les bottes au fond.

Il marcha jusqu'à la rive en sautillant pour respirer, pressé par le froid qui le gagnait. Ensuite, Andreï ne se souvenait plus très bien. Il avait brisé la fenêtre d'une maison cossue donnant sur les quais, et sans doute s'était-il débarrassé de ses vêtements mouillés, puisqu'il s'était réveillé nu dans un lit moelleux, sous une montagne de fourrures et d'édredons. Il avait une forte fièvre et se sentait très faible, c'est pourquoi il n'avait pas été surpris par la présence, à ses côtés dans le lit, d'une vieille dame qui ronflait paisiblement. Andreï s'était endormi. Il avait déliré en trempant les draps de sueur malgré ses grelottements. À un moment, il avait eu conscience que la vieille dame s'était levée seulement pour s'accroupir sur le pot et pisser un bon coup avant de se recoucher. Quand il s'éveilla pour de bon, la vieille dame n'était plus là et il était affamé.

Une couverture sur les épaules, il chercha les cuisines et vida debout le garde-manger quand il l'eut trouvé. Pendant ce temps, la vieille dame faisait chauffer l'eau pour le thé sans paraître remarquer la présence d'un intrus.

C'était une étrange proximité. Andreï Léonovitch ne pouvait s'empêcher de resserrer la couverture sur ses épaules en regardant la vieille dame qui, les yeux presque fermés, sirotait son thé en émettant une panoplie de petits bruits de gorge. Qu'elle ne puisse le voir lui apparaissait maintenant comme une étrange évidence. Mais elle ne semblait pas non plus s'émouvoir de la vision d'une couverture flottant dans le vide. Il décida de procéder à quelques expériences. Il déposa la couverture sur le dossier d'une chaise et recula d'un pas. Au bout d'un moment, la vieille dame allongea le bras et tira la couverture vers elle pour l'étaler sur ses cuisses maigres. Andreï laissa tomber une cuillère et déplaça des objets sur la table sans qu'elle paraisse s'en émouvoir, puis il tapa sur une casserole avec une louche sans qu'elle réagisse.

Elle avait ramassé la cuillère comme si c'était elle qui l'avait fait tomber, mais elle frémit d'horreur, en rentrant dans la chambre, lorsqu'elle vit le tas de vêtements mouillés et odorants qu'Andreï avait laissés choir sur le plancher. Il s'empressa de les ramasser avant qu'elle ne les jette aux ordures. La vieille dame se frotta les yeux comme si elle avait été la proie d'une hallucination. Elle regarda encore puis fit le tour de la pièce en cherchant du nez une odeur qui avait mystérieusement disparu.

Andreï revint vers la femme et mit la main sur son épaule, mais il recula en poussant un cri de frayeur : elle était froide comme la mort, et sa peau avait la rigidité d'un cadavre.

Andreï recula d'un pas et mordit jusqu'au sang la jointure de son index, réjoui par la sensation de douleur. Il était vivant. Mais la vieille dame aussi, qui retournait maintenant à la cuisine pour rincer sa tasse, la déposait sur l'égouttoir et quittait la pièce en traînant ses savates sur le sol.

Il tenta de réfléchir à ce qui lui arrivait. Ses peurs enfantines remontaient comme le contenu d'un estomac après un repas avarié. Sans savoir pourquoi, il voulut réprimer ses sanglots. Les seuls mots qui lui venaient à l'esprit étaient ceux de fantôme, de spectre, de chimère, et bien qu'il tentât de les chasser, les vieilles croyances populaires semblaient seules capables d'expliquer ce qui lui arrivait.

Il enfila ses vêtements qui sentaient la marée. Trois cadavres de poissons tombèrent sur le tapis. Ils y étaient encore une heure plus tard, lorsque la vieille dame les découvrit. Elle se pencha sur eux en se demandant comment ils étaient arrivés là. Avec un pincement au cœur, elle se résolut à les jeter en constatant qu'ils n'étaient pas assez frais pour la friture.

Le vent avait viré au nord pendant la nuit, et sur le pavé la rosée avait gelé, rendant tout déplacement problématique. En revanche, l'air vif était cristallin, et chaque chose semblait avoir acquis un surplus de réalité. Les façades des immeubles, teintées d'ocre par le soleil levant, scintillaient de toutes leurs fenêtres. Le bleu du ciel était d'une profondeur telle qu'Andreï Léonovitch en eut le vertige et préféra abaisser son regard. Un cavalier passa. Il voyait chaque poil de la robe luisante du cheval avec une précision maniaque, si bien qu'il ne pensait plus «cheval» mais épaule, chanfrein, naseau, salière, garrot, encolure, fanon. La chose qui s'appelait cheval disparaissait derrière les parties qui la constituaient. Le cerveau d'Andreï Léonovitch s'égarait dans le labyrinthe des détails comme si le monde avait perdu sa cohésion.

À petits pas prudents, il longea le quai, guettant en vain dans les yeux des passants le moindre signe de reconnaissance. Lorsqu'il expirait, une vapeur épaisse sortait de sa bouche pour disparaître aussitôt. Tandis que la semelle de cuir de ses bottes dérapait sur les pavés glacés, il regardait son souffle s'évanouir, il examinait avec attention les tourbillons de vapeur. Il respirait de plus en plus lentement, de plus en plus profondément. Il s'arrêta de marcher pour mieux voir son haleine se dissiper dans l'air, exactement comme il le faisait, enfant, aux premiers froids de l'hiver. Il s'accouda au muret de pierre qui bordait la Neva. Il pouvait sentir sur ses joues le combat du soleil contre la fraîcheur de l'air. Comment expliquer l'acuité de ses sensations? Comment les concilier avec l'aberration de son état? Il n'avait jamais entendu parler d'un tel phénomène. Les histoires de fantômes que lui racontait sa tante avaient toujours un prétexte moral. On devenait un spectre si l'on avait péché. Quant aux hallucinations de son père, elles étaient causées par l'alcool : ses délires se peuplaient de personnages morts depuis longtemps dont on pouvait croire, à entendre ses vociférations, que l'ivrogne craignait la vengeance. Confusément, Andreï se demandait ce qu'il avait fait de mal pour mériter son châtiment, mais il était incapable de réfléchir, ses pensées voletaient dans tous les sens sans qu'il parvienne à les saisir puis s'évanouissaient, exactement comme le nuage de son souffle dans l'air froid du matin.

Que s'était-il passé au moment où il avait tapé du poing sur la table? Un phénomène physique particulier avait-il souligné cet instant, un éclair dans le ciel, une éclipse, une pluie de grenouilles? Il ne se souvenait de rien d'extraordinaire, rien de précis, rien de marquant, à part, bien sûr, le fait qu'il s'était cogné la tête contre la table. Mais des coups, il en avait reçu tant et plus au fil du temps, et jamais encore il n'avait vécu pareil phénomène. Ou alors il était devenu fou.

Mis à part cet inconvénient d'être devenu invisible, il se sentait pourtant bien. Ses poumons aspiraient aisément l'air froid et le recrachaient tiédi. Ses poings dans ses poches se serraient convulsivement, et il avait conscience du travail des tendons et des muscles de son corps. Il pouvait sentir ses articulations craquer. Les grognements de son estomac l'informaient qu'il avait faim. Étaient-ce les impressions d'un fou? Un fou a-t-il de l'appétit ? Un spectre peut-il saliver d'abondance à l'idée de harengs marinés et de concombres au sel ? Il devait réfléchir calmement.

La réunion des conspirateurs avait eu lieu la veille. En fin de journée, il était tombé à l'eau. Chez la vieille dame, il avait dormi toute la nuit. Il ne ressentait plus aucun des effets de la fièvre. Sa jeunesse avait eu raison du coup de froid. Cela faisait donc un peu moins de douze heures qu'il avait disparu. Trop tôt encore pour que quelqu'un s'en inquiétât... Mais qui s'inquiéterait, de toute manière ? Pendant la réunion, ses camarades conspirateurs ne s'étaient pas étonnés de son absence. À un moment, Andreï était là ; l'instant suivant, il n'y était plus. On aurait pu s'attendre à des exclamations, comme dans un spectacle de magie, quand l'oiseau sous le mouchoir de soie disparaît soudainement. L'un des conspirateurs n'aurait-il pas dû demander simplement : Tiens, où est donc passé Andreï Léonovitch ?

Ils avaient continué la réunion comme si Andreï n'y avait jamais assisté. Ce n'était donc pas seulement son corps qui était devenu invisible, mais son existence même, et jusqu'à son souvenir ? Cela ouvrait des perspectives effrayantes, qu'il n'était pas encore en mesure de sonder. Était-il concevable que même son souvenir fût effacé de la mémoire des hommes ?

Le soleil maintenant avait suffisamment réchauffé les pavés pour faire fondre la mince couche de glace qui les recouvrait.

Andreï se remit en marche. Il devait revoir Éva.

Elle seule, à Saint-Pétersbourg, le connaissait assez pour remarquer son absence. Les liens impalpables qu'ils avaient tissés au cours des mois ne pouvaient avoir été rompus aussi facilement. Cela avait pour nom l'amour, bien qu'il eût jusqu'alors beaucoup de réticence à se l'avouer.

Mais maintenant, du fond du gouffre où il avait été jeté, Andreï levait le visage vers cette lueur d'espoir qui avait pour prénom celui de la première des femmes. Lui qui n'avait jamais été touché, sinon par la grâce des gifles quand il s'aventurait trop près du lit paternel, souhaitait maintenant de toutes ses forces se recroqueviller dans le berceau des bras d'Éva.

Andreï ne courait plus, il marchait en pleurant. Il versait des larmes sur sa vie rude, rugueuse, dénuée de tendresse, sa pauvre vie d'écorché vif. Jamais encore il n'avait ressenti avec autant d'urgence le besoin de l'autre pour confirmer sa propre existence. C'était cela l'amour, pensait-il : s'évanouir comme un souffle dans la chaleur d'une peau plus douce que la sienne, s'oublier et renaître. Oh, Éva, pensait Andreï. Il savait ce qu'il lui en coûterait de ne plus jamais la revoir et, pis encore, de ne plus jamais être revu par elle. Le salut se trouvait dans ses yeux.

Il la trouva encore endormie, dans cette même chambre qui lui servait de lieu de travail. Ses traits au repos, son visage démaquillé, ses cheveux noués en deux tresses donnaient à Éva un air enfantin si émouvant qu'Andreï se plut à la contempler. Il hésita à la réveiller avant de se demander s'il le pouvait, et en effet il n'y parvint pas lorsqu'il s'y résolut.

Tandis que la maison lentement s'animait, que les domestiques nettoyaient les excès de la veille, tandis que le soleil éclairait d'autres contrées plus à l'ouest, Andreï fouillait dans les tiroirs d'Éva. Il chercha sans les trouver une plume et un bout de papier. Il finit par se résoudre à utiliser un crayon de khôl sur une chemise de nuit. D'une main tremblante, il écrivit, en grosses lettres maladroitement tracées :

Éva,
Je suis la. Tu ne me vois pas, mais je suis la.
Il s'ai passé quelque chose. Je suis dans ta chambre.
Crois-moi. Je t'en pri. Je suis la, avec toi, dans ton
lit. Je t'aime.
                                                   Andreï

Afin de mettre son message en évidence, il couvrit de la chemise le miroir qui faisait face au lit : on ne voyait plus qu'elle. Puis il revint vers la jeune femme et, avec une audace qu'il n'aurait jamais eue du temps qu'il était visible, il se glissa avec elle sous l'édredon.

Pareille à celle de la vieille dame, la peau d'Éva lui semblait froide et épaisse, résistante au toucher, comme une viande trop cuite la veille et rangée depuis dans la glacière. Mais c'était mieux que rien. Il espéra qu'à la longue la froideur d'Éva et la brûlure de son propre corps s'apaiseraient mutuellement.

Il l'entoura de ses bras, sa poitrine contre son dos et ses genoux nichés dans le creux des siens. À tout le moins le parfum de ses cheveux fraîchement lavés lui parvenait intact. En fermant les yeux il pouvait rêver d'elle, et c'est ainsi qu'il sommeilla un moment, en attendant qu'elle se réveille.

Au bout de quelques minutes, il sentit sous ses doigts quelque chose de poisseux et de froid. Il bondit hors du lit et regarda la jeune femme en réprimant de la main le cri qui voulait s'échapper de sa bouche.

Dans un demi-sommeil, Éva se tournait sur le dos. Ses paupières frémirent, puis s'ouvrirent tout à fait. Ses pupilles s'adaptèrent à la clarté du jour en fixant le plafond. Alors sa bouche s'ouvrit sur ses petites dents blanches et elle laissa monter un cri de terreur, car du sang s'écoulait de ses narines et de ses oreilles. Criant toujours, elle arracha brusquement les couvertures : les draps étaient maculés par le sang qui pulsait hors de son sexe comme si on l'avait ouvert au couteau.

Devant cette vision d'horreur, Andreï recula jusqu'au mur. Éva s'était redressée dans son lit, criait, hurlait, respirant à peine. Portant les mains à son sexe, elle les ramena maculées d'un sang brunâtre. Une odeur d'acier froid avait envahi la pièce. On entendit des pas de l'autre côté de la porte, qui s'ouvrit à la volée : ameutées par ses cris, les filles se portaient à son secours.

Quelqu'un hurla qu'on appelle un médecin. Trois ou quatre femmes en chemise de nuit s'agitaient autour d'Éva et s'énervaient en tentant de la calmer. Une blonde grassouillette qu'Andreï connaissait sous le nom de Natacha arracha la chemise de nuit du miroir et la fourra en boule entre les cuisses d'Éva pour éponger le sang.

Pendant plus d'une heure, on prodigua des soins. Le médecin arriva alors que l'hémorragie avait cessé et se contenta de faire boire à la malade une potion censée lui redonner des forces. Il prescrivit du repos après un examen sommaire et quitta la chambre en haussant les épaules : depuis des années, il se spécialisait dans la vérole des prostituées, qu'il fallait diagnostiquer pour protéger la clientèle ; il informerait Madame de l'étrange affection d'Éva, qui perdrait certainement son emploi. Cela ne le concernait pas. C'était la tenancière qui payait.

Une à une, les filles quittèrent la chambre. La journée de travail commençait. Éva s'était rendormie, plus pâle que jamais. Andreï ne doutait pas un instant d'être celui par qui le sang avait coulé. Quelques pas à peine le séparaient de celle en qui il avait placé tous ses espoirs. D'une étreinte, il l'avait presque tuée. Certes, les larmes coulaient sur ses joues, mais il ressentait aussi un certain soulagement à constater que ses vieux soupçons étaient devenus certitudes : il n'était pas fait pour connaître l'amour, ou alors seulement la souffrance qui en découlait. En jetant un dernier regard à la forme apaisée d'Éva, il eut l'impression de quitter tout à fait le territoire de son enfance pour entrer de plain-pied dans celui de l'âge adulte, empli d'amertume et de regrets.

Il quitta la pièce en évitant de regarder le miroir que traversait, solitaire, son reflet couvert de sang.

Longtemps il erra, mangeant gras, buvant beaucoup, n'oubliant rien, trop sonné pour réfléchir. Lorsqu'il était soûl, il cherchait la bagarre et ne la trouvait pas. Il fit saigner quelques hommes en leur donnant l'accolade, et une jolie femme en lui baisant la main. Toute chaleur humaine lui semblait refusée, et malgré les beaux et doux vêtements qu'il avait volés pour remplacer les siens, il grelottait d'un froid qui n'était plus de ce monde.

Lorsqu'il n'en pouvait plus, il s'effondrait indifféremment dans les chambres inoccupées des grands hôtels ou sur les matelas de paille des dortoirs de chantiers. Il mangeait ce qu'il trouvait dans les assiettes des autres et consacrait l'essentiel de son énergie à maintenir à distance la peur innommable qui le poursuivait sans relâche.

Un après-midi, il grimpa à bord d'une charrette en marche pour y dormir un moment. Il traversa dans son sommeil les faubourgs puis se retrouva au réveil dans le pays des lacs et des forêts qui s'étendait jusqu'en Orient.

Malgré tous ses efforts pour en effacer le souvenir, l'agonie d'Éva le hantait en permanence. La vision lui en était rappelée chaque fois que le soleil couché sur l'horizon embrasait la campagne. Une envie de vomir le tenaillait sans cesse. L'odeur du sang ne le quittait plus. Il était incapable d'envisager l'avenir. Abruti de douleur, il lui fallut cinq jours de voyage pour comprendre qu'il reprenait à l'envers le chemin qui l'avait conduit à Saint-Pétersbourg près de deux ans plus tôt. Dès lors il put à tout le moins entretenir l'illusion qu'il allait quelque part.

Il monta à bord de véhicules qui cahotaient sur les routes boueuses et s'arrêta avec eux dans les petits villages misérables où son peuple subsistait : quelques maisons de guingois frileusement entassées au carrefour de deux routes mal tracées que la neige commençait à recouvrir en les rendant impraticables, habitées par des pauvres gens qui adoraient se plaindre de la brutalité de leurs maîtres mais qui ne faisaient rien pour changer leur sort. Et si la fortune leur souriait, ils singeaient les manières de leurs bourreaux avec un empressement qui aurait été comique s'il n'avait été surtout tragique. Andreï avait cru laisser tout cela derrière lui. Mais rien n'avait changé depuis des siècles.

Il traversait des plaines herbues et des chaînes de montagnes aux sommets rabotés par le passage du temps. De loin en loin, sous la couche de neige qui maintenant recouvrait le sol, il devinait la symétrie des champs cultivés qui annonçait la proximité d'un village. Quel grand pays ! C'était bien là le malheur. Le pays était si grand qu'on s'y sentait petit, écrasé par l'immensité des paysages, isolé par les distances vertigineuses. Au pas des chevaux de trait, la Russie était effectivement éternelle, puisqu'il fallait une éternité pour la traverser. Une partie de l'hiver y passa, à grappiller le pain noir des paysans et à voler les œufs sous le cul des poules.

Andreï ignorait les raisons qui le poussaient vers l'est. Peut-être croyait-il, en revenant vers ses origines, retrouver un peu de sa substance. Ou alors, pensait-il vaguement, la grande ville était responsable de son état. Pour ceux de la campagne, Moscou ou Saint-Pétersbourg étaient des foyers d'infection, les bouches d'entrée aux enfers. C'était exactement ce qui l'avait attiré au départ. Peut-être y avait-il du vrai là-dedans.

Si les blizzards ne le retardaient pas, c'était l'état de la route, dont on perdait parfois la trace sous cette blancheur immaculée, qui ralentissait sa progression. Il y eut aussi quelques attaques de brigands sans gravité, sauf pour ceux qui perdaient leurs maigres possessions. La plupart du temps, Andreï voyageait sur le toit des carrioles, derrière le cocher, enfoui sous les fourrures. Malgré le froid, il dormait beaucoup, regardait le ciel quand il était étoilé et fuyait toute forme de contact avec les autres voyageurs.

Une fois, cerné par d'abondantes chutes de neige, il vécut six jours dans un relais de poste. Il mit à profit ces longues journées d'enfermement pour mettre de l'ordre dans ses idées et tenter de comprendre un peu mieux la nature de son mal. Il parvint péniblement à accoucher d'une liste qui représentait assez bien ce qu'il avait vécu jusqu'alors :

1. *tou les être vivants, umains, animo et insectes ne me voie pa, ne me sente pa.*
2. *Si je transporte un obgè, il disparais avec moi.*
3. *Je sui invisible pour les autre, mais pour moi rien n'a changer, je reste le même. J'ai faim, j'ai soif, je me fai mal.*
4. *Si j'essai de signaler ma présence, ça ne marche pas.*
5. *Si je touche un autre être umain, je le fait saigné, peut-être je le tu.*

Après des heures d'un effort et d'une concentration dont il n'était pas coutumier, Andreï contempla la feuille de papier couverte de son écriture enfantine en secouant la tête. Ce qu'il avait écrit, il le savait déjà. Les mots ne lui en apprenaient pas plus. Les mots ne lui disaient pas *pourquoi*. Les mots ne lui disaient pas *comment* défaire ce qui avait été fait. Les mots ne lui disaient pas comment réintégrer sa vie d'avant, qu'il avait cru lamentable mais qui ne l'était peut-être pas tant que ça. Ou alors peut-être l'était-elle vraiment, mais il y avait pire, il le constatait maintenant. Il chiffonna la feuille et la lança vers l'âtre, qu'il rata de peu. Andreï songea que si un autre voyageur tentait de la lire, il ne verrait qu'une feuille blanche. Il se pencha pour la ramasser. Il la défroissa du plat de la main, la plia soigneusement et la rangea dans sa poche. Dès lors elle ne le quitta plus. En prenant soin de la remettre en poche chaque fois qu'il changeait de veste, il la conserva pendant des années, jusqu'à ce qu'elle tombât en morceaux, le papier taché, les pliures usées et l'encre pâlie, transparente tout comme lui.

Bientôt il reconnut le paysage : cette colline, ce champ, ce rocher incongru qui avait la forme d'un œuf... La lisière de la forêt avait passablement reculé sous l'assaut des haches et des scies. Le village était caché par un coude de la route, mais Andreï humait déjà l'odeur des grumes fraîchement débitées par le moulin. Dans ce panorama immobile, quelques colonnes de fumée s'élevaient, droites et denses, comme si elles avaient gelé avant d'avoir pu atteindre le ciel.

Andreï descendit de la voiture en marche. Il voulait rentrer chez lui à pied. Cette trentaine d'habitations était toute sa jeunesse. Il n'avait pas pensé à ce qu'il allait faire, croyant que cela lui viendrait une fois sur place, mais rien ne lui venait.

Il avait voulu fuir cette misère et cet enfermement qui consiste à vivre dans une prison dont les murs sont faits de distance et de vide. C'étaient des barrières mentales qu'il avait depuis fait sauter à l'aide des explosifs approximatifs de la rhétorique anarchiste.

Il chercha dans sa mémoire les souvenirs heureux de son enfance, persuadé qu'il devait en avoir. Il entra dans le village dont les maisons semblaient basses parce qu'elles disparaissaient à moitié sous la neige. Tout ce qui était visible était pris par les glaces. Il fallait descendre dans d'étroits goulots aux parois de neige pour atteindre les portes d'entrée. Il n'y avait pas de mouvement, pas de bruit, mais des lumières falotes brillaient dans ces grottes. Même les chiens restaient à l'abri. C'était le matin, au début de février.

Il s'arrêta devant la maison de sa tante, qui lui sembla encore plus petite que dans son souvenir. Les fenêtres minuscules aux vitres irrégulières arboraient depuis toujours les mêmes rideaux de cretonne jaunie par la fumée des pipes. Andreï tenta de contrôler sa respiration pour calmer les battements désordonnés de son cœur. Il ne s'attendait pas à faire une entrée remarquée. Les liens du sang ne le rendraient pas visible. Mais dans cette maison, il comptait trouver des traces de sa propre existence, dont il lui arrivait de douter qu'elle eût une quelconque réalité. Il fit rapidement les quelques pas qui le séparaient de la porte, et il entra.

Devant le poêle, une femme qui n'était pas sa tante attisait le feu. Assis à la table, dans le halo faible d'une lampe à mèche, un homme qui n'était pas son père buvait un thé dans un grand verre.

Qui êtes-vous? demanda Andreï.

Il est bon le thé, dit l'homme.

Oui. Tu veux du pain? demanda la femme.

L'homme grommela. La femme ajouta une bûchette au feu qui ronflait.

Il faudrait acheter du grain, dit l'homme. Ivan nous fera crédit.

Et comment on le remboursera?

On le remboursera.

Tu dis ça chaque hiver, et chaque hiver on s'enfonce un peu plus.

Tu préfères qu'on laisse mourir les bestiaux?

Andreï s'avança pour jeter un coup d'œil dans la chambre, mais elle était vide et le lit fait.

La femme soupirait. L'homme l'ignorait.

C'étaient pourtant les mêmes meubles et, sur les murs, chacune des icônes lui était familière, mais il ne retrouvait pas en ces lieux l'odeur qu'il associait au souvenir de son père, pisse et vodka, tabac froid, bile et poisse.

Il se demandait : Ai-je vécu ici ?

Il ne parvenait pas à en être sûr. Avait-il seulement existé ?

Suis-je un fantôme qui rêve d'avoir un jour été vivant ?

Où est Léon Denissovitch ? demanda-t-il à voix haute. Où est Clara Ivanovna ? Qui êtes-vous ?

Il ressortit sans attendre une réponse qui ne pouvait venir. Il courut jusqu'à la maison suivante et ouvrit la porte à la volée, puis fit de même pour toutes les maisons du village sans trouver trace de ses parents. Tout lui semblait plus petit que dans ses souvenirs, les êtres et les objets, les distances et le temps. Il voulut vérifier sur les registres du pope la preuve de sa naissance et du mariage de ses parents, mais l'église avait brûlé et il ne restait des archives du village que les stèles du cimetière…

Andreï prit une pelle dans l'appentis du jardinier et entreprit de déneiger les pierres tombales. Il cherchait le nom de ses proches, espérant vaguement qu'ils fussent morts afin d'obtenir ainsi la preuve qu'il était lui-même vivant, mais bien qu'il crût reconnaître nombre de noms gravés dans le bois ou la pierre, il ne put nulle part dénicher celui de sa mère dont il conservait pourtant le souvenir de l'avoir souvent lu avec des yeux brouillés de larmes lorsqu'il était enfant.

Suant malgré le froid, appuyé sur la pelle, chacune des croix de bois ou des dalles de pierre dégagée de sa gangue de neige, Andreï Léonovitch pensa que son oncle et sa tante avaient peut-être quitté le village pour aller vivre ailleurs. Mais comment savoir ?

Son existence passée n'avait-elle été qu'une illusion ? Avait-il été un jour un enfant, ou alors n'était-il que le fruit invisible de l'union d'un coup de poing sur la table et d'une bouteille de vodka fracassée ?

Le printemps avait transformé la route en rivière de boue où les chariots s'enfonçaient jusqu'aux essieux. Andreï préférait pour un temps continuer à pied. Le soir, il allumait des feux sous la cendre desquels il faisait cuire les pommes de terre qu'il transportait dans un sac accroché à l'épaule. Il se désaltérait en buvant l'eau de ruissellement.

Il rentrait lentement à Saint-Pétersbourg, car la route y menait, mais, ayant perdu tous ses repères, son esprit tournait en rond comme ses pas, parfois.

Il avait depuis peu dépassé le village de Pokrovskoïe, une simple agglomération au carrefour de deux chemins qui se perdaient à l'horizon, semblable à des milliers d'autres. Il longeait une rivière dont les eaux gonflées roulaient furieusement sur d'immenses rochers couverts de mousse. Il s'arrêta un moment pour regarder deux enfants qui pêchaient. Il songeait à l'innocence avec un pincement de nostalgie lorsque l'un des deux gamins glissa et tomba à l'eau. L'autre sauta immédiatement à son secours. Les deux se débattirent un moment avec des gestes maladroits dans le courant puissant qui les emportait.

Mû par l'instinct, Andreï se précipita pour les repêcher, mais le courant était encore plus fort qu'il ne l'avait soupçonné, et l'eau était si froide qu'il en eut le souffle coupé. Il batailla ferme pour ne pas perdre pied à son tour. Il attrapa l'un des garçons par les cheveux et le hissa sur la berge, toussant et crachant, à demi inconscient, mais le deuxième enfant s'éloignait déjà dans les remous, peinant à surnager. Bientôt il disparut sous les flots.

Andreï ne pouvait rien faire pour celui-là. Il s'agenouilla auprès du premier, qui avait perdu conscience : ses lèvres étaient bleues, il respirait à peine et ses poumons sifflaient comme une bouilloire. Si Andreï le laissait là, le garçon mourrait. Il le hissa sur son épaule comme un sac de patates et allongea le pas ; il n'en avait pas fait dix que l'enfant se mit à saigner abondamment. Alors Andreï courut. Il courait pour sauver la vie de l'enfant, et pour sauver la sienne, ou son âme, il ne savait pas, mais il savait qu'il devait courir. Il était barbouillé du sang de l'enfant lorsqu'il parvint aux abords du village. Il le déposa délicatement sur un banc, au centre du village, puis recula d'un pas. Le gamin gémit. Un villageois tourna la tête et sonna l'alarme en apercevant le blessé.

C'est alors que l'enfant ouvrit les yeux. Il avait dix ou douze ans, des traits anguleux, un grand nez osseux, des cheveux noirs et graisseux. Il ouvrit les yeux et regarda Andreï. Du moins donnait-il l'impression de le regarder. Deux yeux noirs et perçants. Andreï fit un pas à gauche. Les yeux le suivirent. Il fit deux pas à droite. Les yeux le suivaient toujours. C'était inattendu et bouleversant. Mais les premiers villageois arrivaient déjà. L'enfant ferma les yeux et sombra dans l'inconscience tandis qu'on le transportait chez lui.

Il n'était pas question pour Andreï de quitter ce village avant d'en avoir le cœur net. Il se tint au chevet du petit pendant qu'on lui prodiguait des soins. Deux jours plus tard, on retrouva le cadavre du second garçon, accroché aux branches d'un arbre emporté par la crue.

Le jour suivant, brûlant de fièvre, le gamin ouvrit les yeux et planta son regard directement dans celui d'Andreï. Mais le soir, la fièvre était retombée, et malgré les grands gestes d'Andreï et ses encouragements vocaux, l'enfant ne semblait plus le voir.

Andreï s'attarda encore plusieurs jours, mais si quoi que ce soit s'était réellement produit, c'était aujourd'hui terminé. Au bout d'une semaine, le petit Grigori Iefimovich était sur pied et pleurait en silence devant la tombe de son frère. En reprenant la route, Andreï lui fit des adieux auxquels l'enfant ne répondit pas.

Le corps du vieil homme se refusait à mourir. Les mains décharnées s'agrippaient au grabat. Sous le rideau de ses paupières baissées, plissées et fines, les yeux affolés s'agitaient dans tous les sens et roulaient dans les orbites creuses, profondément enfoncées dans le crâne recouvert d'un duvet blanc.

Il râlait. Il gémissait. Il combattait, presque immobile, des démons par lui seul perceptibles. Cela faisait plusieurs heures qu'Andreï attendait ce moment.

Regarde-moi, dit-il doucement.

La poitrine était une cage de peau et d'os dans laquelle se débattait un cœur affaibli, erratique : le chef avait perdu le rythme et les musiciens de l'orchestre jouaient chacun pour soi une ultime partition chaotique. Les intestins lâchaient un liquide verdâtre ; la peau cireuse se couvrait de taches noires ; le menton piqué de barbe blanche tremblait ; les jambes s'agitaient pour une course sans but tandis que le torse s'enfonçait lourdement dans la paille du matelas.

Regarde-moi, suppliait Andreï.

Mais le vieil homme ne réagissait pas plus en ses derniers moments qu'il ne l'avait fait les jours précédents. Sa respiration se précipita tout en s'amenuisant. Andreï se pencha sur lui et, délicatement, il souleva de l'index la paupière fripée.

Regarde-moi, demanda-t-il encore.

L'œil se révulsait, jaune, strié de sang, la pupille dilatée au maximum pour combattre l'obscurité qui l'envahissait déjà.

Andreï murmura : Re. Gar. De. Moi.

Mais c'était fini. Un dernier souffle imperceptible s'était échappé des lèvres desséchées. Le vieil homme n'y était plus. Où qu'il fût allé, il avait abandonné derrière sa carcasse épuisée.

Andreï rabaissa la paupière puis se redressa lentement. Des larmes coulaient sur ses joues. Il était fourbu, comme s'il avait lui aussi combattu toute la journée. Mais le vieil homme ne l'avait pas entr'aperçu au moment de quitter sa vie. Le vieil homme n'avait pas vu, aux franges du monde visible, le fantôme nommé Andreï penché sur lui.

Si, dans la fièvre qui l'avait presque terrassé, le petit Grigori avait réussi à percevoir la présence d'Andreï, ne serait-ce qu'un instant, ne serait-ce que son ombre, ce n'était pas le cas de ceux qui mouraient de tuberculose, de phtisie, de consomption, de syphilis ou de vieillesse dans les salles communes et humides de l'asile Saint-Pierre. Depuis des semaines, Andreï Léonovitch cherchait son reflet dans les yeux des mourants, mais jusqu'alors il n'avait pas aperçu la moindre étincelle de reconnaissance.

Avec un long soupir et des gestes pesants, il se détourna du vieil homme et entreprit de traverser la longue salle aux arcs-boutants de pierre où s'entassaient les paillasses des êtres échoués là au bout de leur vie. Ils étaient une bonne centaine qui avaient eu la chance, si c'en était une, d'être recueillis pour mourir à l'abri, alors que des milliers d'autres s'écroulaient dans le ruisseau. Chaque matin, la charrette des morts sillonnait les quartiers pauvres pour ramasser les cadavres qu'on jetait en après-midi dans une fosse commune à l'extérieur de la ville. Ceux de l'asile avaient droit à une modeste tombe à eux ainsi qu'à une prière générique ânonnée par le pope de service. Cela ne semblait guère les rassurer. Sous les hauts plafonds, les gémissements s'entrechoquaient en échos lugubres, traversés par les vrilles aiguës des cris des femmes. C'était le vacarme de la peur dans l'antichambre de la mort, et malgré la présence des nombreuses icônes sur les murs, nul ici ne trouvait de réconfort.

L'asile Saint-Pierre était une vaste construction de pierre, ancienne forteresse reconvertie dont l'enchevêtrement de couloirs et la prolifération des salles formaient un labyrinthe exclusivement dédié à la douleur, à la maladie et à la mort. Dans une aile un peu moins humide, sur des lits un peu plus confortables, l'Église accueillait ses vieux popes revenus de mission pour mourir en son sein. Mais partout ailleurs régnait la puanteur des chairs qui se décomposent à l'abri des regards et dans l'indifférence des bien-portants qui se gardaient de pénétrer en ces murs.

Andreï obliqua à gauche et longea un très long corridor, puis tourna encore à droite et suivit un passage étroit au bout duquel s'alignaient de part et d'autre des stalles séparées par des murets de pierre qui s'élevaient à hauteur d'épaule.

Les anciennes écuries étaient le centre secret de l'asile. Alors que, partout ailleurs dans ces murs, on venait pour mourir, ici on venait pour se cacher de vivre. Les gémissements étaient d'un autre ordre. À peine articulés, ils ressemblaient parfois à des rires d'enfants. Et c'en étaient.

On y avait parqué les rejetons difformes que la bourgeoisie avait enfantés. Des contributions annuelles à la fondation de l'asile garantissaient de ne plus jamais entendre parler de ces enfants aux têtes énormes, aux membres en forme de nageoire, aux colonnes vertébrales tordues comme des tire-bouchons. Certains vivaient jusqu'à l'âge adulte, et il fallait leur lier les mains pour les empêcher de se masturber jusqu'au sang.

Andreï ralentit le pas pour traverser le couloir des damnés. Des siamoises attachées par la hanche traçaient dans la sciure qui recouvrait le sol des figures vaguement géométriques. Elles chantonnaient un air triste à l'unisson.

Un peu plus loin, un gamin au visage plissé et au dos courbé comme celui d'un vieillard frappait convulsivement son front démesuré contre la paroi de pierre de sa cellule en y laissant une traînée de sang. Son bras droit, cassé près de l'épaule, s'était ressoudé en formant un angle aigu au bout duquel ballottait une main devenue inutile et qui commençait à pourrir.

Dans la stalle juste en face, un nouveau-né mourait doucement de faim. Son corps et son visage étaient entièrement couverts de poils noirs et soyeux. Sur toute cette noirceur, seuls ses yeux se détachaient quand un instinct quelconque le poussait à les ouvrir.

Parfois, Andreï en avait été témoin, de jeunes décadents soudoyaient les employés pour venir contempler le spectacle. Ils riaient bruyamment des contorsions faciales que les idiots utilisaient en guise de sourire, et ils jetaient des morceaux de sucre à des êtres en forme de têtard qui rampaient dans leurs propres excréments pour attraper les friandises avec la bouche.

Andreï s'obligeait tous les jours à passer par là. Les monstres ne lui prêtaient pas plus d'attention que les autres, mais il se trouvait avec eux une certaine parenté, une ressemblance sinistre. Il était, comme eux, non pas une erreur de la nature, mais une manifestation de sa folie et de sa malveillance.

L'asile Saint-Pierre garde au secret ce que le monde extérieur ne veut pas voir, pensait Andreï, ce qu'il ne peut pas *accepter* de voir. La même pâte dont tous les humains sont fabriqués était ici pétrie par une main folle qui n'était pas celle d'un Dieu bon. Passe encore qu'il faille mourir, mais vivre ainsi ?

Sur le chemin de Saint-Pétersbourg, Andreï avait pris la mesure de ce qui lui était dorénavant interdit. La véritable nature de son mal n'était pas d'être invisible, mais d'être condamné à n'exister que par lui-même, en lui-même, sans jamais l'aumône d'un regard ou d'un geste. Point d'amour ni d'honneur. Les monstres dans les stalles recevaient par cruauté des morceaux de sucre : même un regard de mépris était un lien qui vous rattachait au reste de l'humanité. Si les mourants, au moment de sauter le pas, avaient vu en lui un fantôme, Andreï aurait été heureux d'au moins les effrayer.

À quoi servait-il ? Il n'en avait pas la moindre idée.

Devant la dernière stalle, Andreï hésita longtemps. Ici, un monstre souffrait un peu plus que les autres. Quand on l'avait amené, trois jours auparavant, il venait à peine de célébrer son premier anniversaire. À cette occasion, son père l'avait saisi par les poignets pour le mettre debout et lui apprendre à marcher. Les os des bras et des jambes de l'enfant s'étaient aussitôt pulvérisés, plus fragiles que le verre. En s'abattant sur le sol, c'était sa colonne vertébrale et sa cage thoracique qui s'étaient brisées en miettes. Depuis, l'enfant gisait là, immobile, incapable même de crier. On le nourrissait d'eau sucrée. Son apparence était tout à fait normale, mais sa peau était un sac empli d'éclats d'os qui frottaient les uns contre les autres en déclenchant des douleurs inimaginables.

Andreï ouvrit la barrière de la stalle et s'approcha en tendant la main vers le petit visage crispé. En le touchant, pensa-t-il, il abrégerait les souffrances de l'enfant ; une simple caresse sur la joue, et il se viderait

49

de son sang. Andreï deviendrait alors une sorte d'ange de la mort. Cette idée aussitôt lui fit horreur. Si c'était là son destin, il le combattrait pas à pas. Il retira sa main et secoua la tête. Il voulait vivre et prospérer. Il voulait aimer et rire.

La fréquentation assidue des mourants et des monstres lui avait appris une seule chose : il n'était pas l'un d'eux. Pas tout à fait. Mais alors qu'était-il ? Il lui restait à le découvrir.

Il adressa une prière silencieuse à un Dieu hypothétique, lui demandant d'abréger le martyre de l'enfant. Puis il remit son chapeau et ses gants et rentra au palais pour la nuit.

Un jour gris pénétrait le palais par toutes ses ouvertures en éteignant les dorures. Le tsar dormait encore dans son grand lit aux draps éclatants de blancheur. Il avait la tête sur l'épaule de la jeune femme qu'il venait secrètement d'épouser, une roturière allemande qu'il voulait élever au rang d'impératrice contre l'avis de ses conseillers. Puisqu'elle ne plairait jamais aux boyards, le tsar avait décidé d'en faire la préférée du peuple. En son nom, il s'apprêtait à publier une série de décrets favorisant les gagne-petit et à s'engager dans une politique libérale à long terme qui permettrait à tous les Russes de rattraper le siècle avant qu'il ne s'achève.

Couché dans le divan moelleux installé sous les fenêtres, Andreï Léonovitch veillait sur le sommeil paisible du tsar, dont les couvertures repoussées du pied laissaient à découvert des orteils qui s'agitaient doucement.

La première fois qu'Andreï était venu dans la chambre du tsar, il avait dans sa poche un pistolet chargé. Il souhaitait mettre en pratique ses vieilles idées d'assassinat, mais il n'avait pu se résoudre à tirer. À quoi bon ? Andreï ne cherchait plus à se faire un nom. Il voulait simplement exister. La possibilité d'avoir son portrait publié dans les gazettes était devenue une farce cruelle. Il avait rangé son arme en sentant ses forces l'abandonner. Depuis, il avait pris l'habitude de dormir au palais. On y trouvait la meilleure nourriture du pays, en quantité plus que suffisante.

Un premier rayon de soleil commençait à jouer avec les poussières en suspension. Andreï se tourna vers la fenêtre pour observer la lumière grignoter les hauteurs de la capitale. Les morts ne le voyaient pas plus que les vivants. Pouvait-il rester ici et devenir pour de bon le fantôme du palais ? Il serait alors au mieux une rumeur, une légende, un prétexte pour mettre en garde les petits enfants contre les grosses bêtises. Les employés du palais accuseraient le fantôme pour dissimuler leurs menus larcins. Andreï soupira en s'extirpant du divan. Si le sommeil reposait le corps, il n'apaisait pas l'esprit. Ses pensées tournaient en rond en prenant de la vitesse. Un sentiment d'impuissance le paralysait. Il ne trouvait de répit qu'en se goinfrant. Il fallait d'ailleurs songer à se procurer de nouveaux vêtements, puisque ceux-ci commençaient à le gêner aux entournures.

Il réfléchissait toujours, accoudé à la fenêtre, lorsque les domestiques vinrent réveiller le tsar et son épouse avec des plateaux chargés de victuailles. Andreï les accompagna en puisant dans leurs plats. Petit-déjeuner à la française. Œufs bénédictine et croissants au beurre tartinés d'une bonne épaisseur de confiture aux petits fruits, café fort trop sucré.

Après le repas, le monarque revêtit un uniforme d'apparat. Andreï le suivit dans la cour où l'attendait un coupé mordoré, tiré par six chevaux blancs. Il prit place sur le marchepied tandis que l'escorte s'ébranlait. Le convoi quitta le palais puis passa devant la cathédrale avant de s'engager sur le quai du canal Catherine. Là, une foule attendait le privilège inouï de voir le tsar assister à la relève dominicale de la garde.

Le visage fouetté par le vent, Andreï examinait ce cirque avec le regard détaché d'un géant mélancolique.

L'assistance n'était composée ni de pauvres ni de riches, mais plutôt de ceux entre les deux qui ont assez à manger pour éprouver de l'ennui et pas assez de bien pour avoir peur de s'exposer.

Soudain, l'agitation s'empara de la foule. Andreï vit un incompréhensible nuage de fumée apparaître près de la voiture du tsar. Une fraction de seconde plus tard, le bruit de l'explosion lui parvint, que concurrença bientôt un concert de cris affolés. Un mouvement de panique se répandit comme une onde et il y eut une bousculade où des enfants furent piétinés. Andreï vit du coin de l'œil le cocher du tsar fouetter l'équipage pour quitter le quai, mais le tsar lui cria de s'arrêter puis descendit du coupé en rameutant la garde. Il s'avança vers les corps qui gisaient sur le sol, victimes de la bombe qui lui était destinée. En écartant les mains, son visage tordu par une grimace de contrition, il se tourna vers la foule en prononçant des paroles apaisantes. Andreï entendit ici et là, à travers les gémissements des blessés, des « mort au tyran » qui lui firent craindre le pire. Sabres au clair, les Cosaques s'apprêtaient à charger.

Arrêtez ! cria le tsar, dont les joues se mouillaient de larmes.

Dans la bousculade, Andreï reconnut une tête aux cheveux en broussaille. Éva venait vers lui en se frayant un chemin parmi la foule ! Elle paraissait amaigrie et ses vêtements, usés à la corde, lui donnaient l'allure d'une pauvresse. Elle avait abusé du khôl. Ses yeux dévoraient son visage dont les lèvres pincées achevaient de lui donner un rictus de sorcière. Tout à sa joie de la revoir, Andreï ne remarqua pas le pistolet qu'elle tenait à la main. Bousculant le tsar, il s'avança vers elle en criant son nom.

Éva eut le temps de faire feu à deux reprises. La première balle atteignit Andreï à l'épaule. La seconde frôla le tsar sans le toucher. La garde impériale répliqua aussitôt.

Andreï était tombé mais n'avait pas perdu conscience. La joue contre le pavé, immobilisé par la douleur qui pulsait, il vit le corps d'Éva tressauter sous les impacts des nombreuses balles qui la transpercèrent. La jeune femme tomba sur les genoux, puis s'abattit vers l'avant. Sa main droite était toujours crispée sur la crosse du pistolet, mais sa main gauche s'ouvrit et laissa tomber sur le sol une petite bombe dont la mèche très courte projetait déjà ses dernières étincelles.

Mort au tsar, dit-elle dans un dernier murmure. Andreï vit la bombe rouler dans sa direction, puis dévier vers la gauche en butant contre un pavé inégal avant de sortir de son champ de vision.

Quelques secondes plus tard, il eut l'impression de recevoir sur tout le corps une gifle de géant, puis le monde devint noir et silencieux. Quand il reprit conscience, il crut qu'il avait quatre bras et quatre jambes tant son corps était étroitement enlacé à celui du tsar, dont l'œil éteint le fixait pour l'éternité avec un air de reproche. Andreï Léonovitch tenta de se dégager. Il n'était que douleur. Dans un ultime effort, il parvint à rouler sur le côté.

Il se demanda si tout ce sang était le sien ou celui du tsar. Juste avant que tout ne s'éteigne, il se dit qu'au fond cela n'avait vraiment aucune importance.

LES VOYAGES DE L'INVISIBLE

Le lièvre tourna la tête vers la gauche puis vers la droite en agitant les oreilles. Ses moustaches frémissaient. Il fit deux bonds prudents avant de recommencer son manège, à l'affût du moindre danger. Pour un animal capable de détaler, il était d'une exaspérante lenteur, mais puisqu'il n'avait rien d'autre à faire, Andreï, assis sur une souche, croisa les jambes et attendit.

Sa barbe noire était maintenant striée de gris. S'il s'était regardé dans un miroir (bien qu'il tentât de les éviter depuis longtemps), il aurait vainement cherché sur ses joues la moindre trace de rondeurs juvéniles. Il avait cinquante-deux ans. Ce qu'il avait perdu en poids, il l'avait gagné en densité. Ce qu'il avait perdu en force brute, il l'avait gagné en résistance. Il menait une vie frugale, mangeait peu, ne buvait plus d'alcool. Il vivait une existence d'ermite.

S'il consentait enfin à avancer sur la piste pour s'étrangler au collet, ce lièvre allait lui servir de déjeuner. L'animal était bien en chair. Andreï en ferait au moins trois repas. Avec les os, des carottes et des navets, il préparerait plus tard une soupe.

Andreï laissa son regard errer sur la steppe et constata encore une fois avec une certaine satisfaction que sa maison était pratiquement invisible. Il l'avait construite sous une butte que rien ne distinguait des autres. Elle n'avait pas de fenêtres et la porte d'entrée était recouverte de brindilles collées au badigeon. Ce n'était rien de plus qu'une grotte de terre étayée de planches, mais depuis trois ans qu'il l'habitait, il en était venu à la considérer comme un havre. Une double cheminée diffusait la fumée au ras du sol, que le vent constant se chargeait d'éparpiller dans les hautes herbes. Il aurait fallu se cogner le nez à la porte pour savoir que la maison existait. Dans l'immensité de la steppe, ce cas de figure demeurait peu probable.

À l'orée d'une forêt de bouleaux, il avait semé des courges, des patates et du maïs à la manière des Peaux-Rouges, en petits bosquets circulaires. Sa récolte se conserverait tout l'hiver dans un trou attenant à sa maison et lui permettrait d'espacer ses expéditions à la petite ville de Kirilian, trois lieues plus loin. Il se savait depuis bien longtemps incapable de vivre en parfaite autarcie. Il n'avait jamais vu l'intérêt de fabriquer ses propres clous, par exemple, mais il pouvait retarder de plusieurs mois le projet qui les nécessitait, car il lui fallait des jours pour se remettre de chacune de ses visites à la ville. L'avantage et le problème de sa solitude, c'était que tout pouvait sembler normal. En acceptant de vivre dans les marges de l'histoire et du temps, en acceptant de se bannir de la vie des autres, il lui arrivait parfois d'oublier pour un moment sa condition. Mais quand il ne pouvait vraiment plus repousser l'échéance, quand le manque de clous le ramenait vers la ville, le trajet lui semblait une longue descente aux enfers au bout de laquelle ne subsisteraient que désolation, étouffante nostalgie et impuissance.

Le lièvre passa tout près de la pointe de ses bottes en reniflant. Sa tête s'inséra dans le nœud coulant du fil d'acier, qui se referma sur son cou. Pris de panique, le lièvre bondit vers l'avant pour s'enfuir – et s'étrangla. Il se débattit pendant plusieurs minutes. Chacun de ses mouvements resserrait le fil, qui bientôt lui trancha la peau. Des gouttes de sang perlaient et mouchetèrent la neige. Le lièvre cessa enfin de lutter. Andreï attendit que s'apaisent les derniers soubresauts, puis se mit debout, étira sa carcasse, se pencha pour desserrer le nœud et se releva en tenant le lièvre par les oreilles. Il mit le corps tout chaud dans sa gibecière et prit le chemin de la maison. La chasse au collet exigeait de longues heures de marche sur un territoire étendu, et passablement de patience, mais il n'avait pas le choix : seules les méthodes de chasse passives donnaient des résultats. Il avait posé le collet, mais c'était le lièvre lui-même qui s'était étranglé.

L'homme invisible ne peut tuer les êtres vivants, c'était la septième loi qui régissait son univers personnel. Andreï s'était longtemps étonné de ses piètres performances de tireur, jusqu'à ce qu'il fasse feu à bout portant pour achever une jument blessée et qu'il comprenne enfin que ne lui était pas donné le pouvoir de vie et de mort. Quelque chose à chaque fois se produisait qui épargnait sa cible : la poudre faisait long feu, un craquement dans les arbres alertait la proie qui s'enfuyait. Il avait fallu à Andreï des années pour comprendre que l'univers conspirait pour le tenir à l'écart. Quand bien même l'aurait-il voulu, il n'aurait pas pu tuer le tsar. Il était confiné à un rôle de spectateur, que le spectacle lui plaise ou non.

Il marchait lentement, du pas égal de celui qui avait beaucoup marché. Un soleil orangé encore bas sur l'horizon annonçait une journée un peu plus chaude que les précédentes. L'hiver s'installait à contrecœur, mais on n'y échapperait pas. Il s'arrêta pour regarder une troupe de cavaliers qui formaient une ligne de petits points presque immobiles, au loin. Malgré la distance, il savait qu'ils allaient au galop et venaient à peu près dans sa direction, sans doute en provenance de Kirilian. Peut-être étaient-ce des pillards et qu'il y avait eu une razzia? Andreï n'ignorait pas que le pays traversait une période trouble; beaucoup en profitaient pour s'enrichir. Il reprit néanmoins sa marche, l'esprit tranquille. Rien de cela ne le concernait.

La mort d'Alexandre II n'avait rien changé. Un autre tsar avait pris la place, et la répression s'était faite plus sévère. Le monde était toujours aussi injuste, peut-être même un peu plus. Andreï s'était dès lors désintéressé du sort du peuple russe pour s'occuper du sien. Seulement, que faire ? Il n'y avait personne à qui demander conseil. Après s'être péniblement remis de ses blessures, il avait lu des livres dont quelques-uns lui plurent mais ne furent pas d'une grande utilité. Il avait commencé à feuilleter des publications scientifiques en fronçant les sourcils devant leur charabia. Il s'était demandé si son état pouvait s'expliquer par un phénomène électrique. Il était parti pour Moscou hanter quelques mois le laboratoire d'un certain Bourinski, mais les décharges qu'il s'administra à l'aide d'un appareil compliqué n'eurent d'autre effet que d'accélérer ses battements cardiaques et de lui défriser les poils du corps.

À l'institut de médecine, il avait voulu assister à une séance de dissection afin de comprendre le fonctionnement interne du corps humain. Un professeur en redingote brandissait un scalpel en pérorant devant une assemblée d'étudiants surexcités. Le scalpel plongea dans l'abdomen, et le professeur, tel un magicien, déroula des mètres d'intestins sous les vivats de l'auditoire. Lorsque Andreï reprit conscience, le cadavre avait disparu et un homme passait la serpillière pour nettoyer le sang dans l'auditorium désert.

Il révisa ses ambitions à la baisse et se contenta pour un temps des cadavres de rats et de grenouilles. Il en était aux cochons lorsqu'il comprit qu'il lui faudrait s'ouvrir le ventre pour voir ce qui clochait en lui. Il abandonna ses études de médecine et se tourna vers le magnétisme.

Cette science faisait fureur dans les salons de Moscou. Ceux qui se targuaient d'être modernes organisaient avec un nouveau vocabulaire des séances qui se rapprochaient de l'occultisme et dont Andreï découvrit assez vite qu'elles étaient des attrape-nigauds. Il lui suffisait de rester après le départ des invités pour assister au démantèlement des mécanismes qui avaient fait apparaître les ombres et entendre des voix : fils invisibles que des complices tiraient pour faire bouger les meubles, bruiteurs tapis dans une autre pièce, silhouettes de papier glissées dans le verre des lampes.

Mais dans les laboratoires, des gens sérieux faisaient des recherches sur les champs magnétiques, révélant par toutes sortes d'instruments de mesure l'omniprésence d'une force invisible qui traversait les êtres et les choses. Pendant plusieurs mois, Andreï fréquenta un petit homme sec et peu aimable qui se penchait sur ses aimants avec une patience de moine. Derrière son épaule, il observa longuement une série de phénomènes qu'il fallait être capable de reproduire *ad nauseam* pour tenter de les comprendre. Il s'inquiéta avec lui de la baisse des subsides et de l'indifférence de l'État, qui ne voyait pas d'applications pratiques ou militaires à ces recherches trop abstraites. Lorsque, pour finir, le chercheur avait dû mettre fin à ses expériences et accepter un poste d'assistant au collège des jésuites, Andreï en était arrivé à la conclusion que la culture scientifique russe n'avait pas encore atteint le seuil de sa maturité et qu'il lui fallait aller chercher ailleurs les causes de son invisibilité.

Puisque le français avait supplanté le latin dans les communications savantes, Paris semblait s'imposer. Il accompagna une mission diplomatique qui était en réalité composée d'espions au service du tsar, chargés de rapporter les dernières innovations militaires. Depuis Pierre le Grand, prendre plutôt qu'apprendre était une détestable tradition russe. Andreï s'était étonné d'avoir ne serait-ce qu'une opinion sur le sujet.

Le soleil brillait maintenant plus haut dans le ciel. La neige sous ses pas s'était passablement amollie. Les cavaliers se rapprochaient. Andreï les surveillait en permanence du coin de l'œil, car même si ce n'était pas son affaire, il ne tenait pas à être pris sous le sabot des chevaux, qui le piétineraient sans s'apercevoir de rien. Il décida d'attendre, à trois cents mètres de sa maison.

Ils étaient une cinquantaine à cheval. Certains brandissaient encore des sabres qui étincelaient. Tous étaient lourdement armés. Des cartouchières leur barraient la poitrine. Vêtus d'éléments d'uniformes disparates et de vêtements civils crasseux, ils tenaient à la longe des chevaux de bât croulant sous les marchandises. Andreï regarda dans la direction de Kirilian. Il croyait voir un panache de fumée. La petite ville brûlait peut-être. Ses habitants reconstruiraient. Que pouvaient-ils faire d'autre? Il inspira profondément. L'air froid le revigorait. Il n'était pas aussi indifférent qu'il l'aurait souhaité.

Les cavaliers poussaient des hurlements sauvages. Après avoir commis des atrocités, les hommes semblaient avoir besoin de crier, de hurler comme les loups. Ce soir, ceux-là descendraient de cheval en riant, boiraient jusqu'à l'abrutissement, puis s'éveilleraient, pesants et silencieux. Ils remonteraient en selle sans plaisir. Il n'y aurait que la prochaine odeur de sang pour les éveiller à la vie.

Ils galopaient tout près, maintenant. Les sabots arrachaient des mottes de terre sous la mince couche de neige. À quel camp appartenaient-ils ? Andreï soupçonnait que le hasard des rencontres avait plus compté que leurs opinions politiques dans le choix de leur parti.

Un cheval de bât, en évitant un obstacle, laissa tomber un ballot qui devait être mal arrimé. Personne ne parut le remarquer. Les cavaliers dépassèrent Andreï et, bientôt, leurs cris s'assourdirent. Andreï s'approcha. Peut-être y avait-il quelque chose d'utile là-dedans.

C'était une femme. Du moins à en juger par les jupes souillées et déchirées qui recouvraient le corps. Elle gisait face contre terre. Des cheveux blonds coupés aux épaules avaient des mèches collées par le sang coagulé. Une couverture faite de sacs cousus ensemble lui servait de manteau. Elle n'avait qu'une botte au pied gauche. Dans l'échancrure des jupes, les cuisses blanches portaient des ecchymoses et une série de petites entailles, sans doute faites au couteau. Andreï se pencha et constata qu'elle respirait encore. Il se redressa et regarda le ciel. C'était un jouet pour la nuit que les cavaliers venaient de perdre. Mieux valait sans doute pour la femme mourir ici, doucement, engourdie par le froid. Andreï pivota sur lui-même. Personne à l'horizon ne viendrait lui porter secours. Il se pencha encore. Il l'entendit gémir. Il se redressa à nouveau. Sur ses flancs, à travers le cuir de la gibecière, il sentait le cadavre tiédissant du lièvre. Très vite il se détourna et reprit le chemin de son refuge en accélérant le pas.

Il fit cuire le lièvre sur le petit poêle en fonte. Lorsqu'il fut prêt, Andreï en mangea un râble sans y prendre beaucoup de plaisir.

La conversation faisait partie des épices essentielles à un bon repas. Lors de son premier séjour à Paris, il avait très vite abandonné à son sort la délégation russe imbibée de vodka et de champagne pour hanter les grands restaurants de la Ville lumière que fréquentaient de fins esprits à la table desquels il s'invitait en faisant semblant de participer à la discussion. Il finit par très bien comprendre la langue française et la parler épouvantablement, puisque personne ne corrigeait ses fautes ni son accent. C'était pitoyable, mais avec un bon vin de Bourgogne, il parvenait parfois à l'illusion d'exister.

Pendant de nombreuses années, il avait suivi l'avancée des découvertes scientifiques, toujours dans le fol espoir de trouver au moins les causes de sa condition, sinon une façon de réapparaître. À vrai dire, il se serait largement contenté de simplement signaler sa présence. La science ne répondait pas à ses questions. Certes, le monde était travaillé par des forces invisibles qui restaient à décoder – on s'y acharnait d'ailleurs à Vienne, à Berlin, à Paris, à Londres. Mais malgré toutes ses pérégrinations, jamais Andreï n'avait rencontré un savant dont le champ de recherches recoupât celui de ses propres préoccupations.

Il avait pris le bateau pour les États-Unis et s'était rendu à Boston dans les bureaux d'Alexander Graham

Bell, qui rêvait de donner une voix aux muets, puis à Rochester, dans les ateliers Kodak où George Eastman avait mis au point les principes de la photographie moderne, mais ni sa voix ni son corps n'avaient voulu emprunter les chemins détournés de la technologie pour témoigner de sa réalité. Il apprit l'anglais dans les livres de la bibliothèque du Congrès, à Washington, dont il avait écumé en vain les rayons à la recherche d'un phénomène s'apparentant au sien.

Andreï avait ensuite traversé le continent par petites étapes et fréquenté un peu les shamans peaux-rouges, en compagnie desquels il avait beaucoup transpiré dans des tentes surchauffées et découvert les plaisirs du tabac. Il se déplaçait la plupart du temps à pied, puisque les chevaux n'obéissaient pas à ses ordres et se figeaient sur place quand il les montait. Il lui était arrivé d'emprunter à plusieurs reprises des mulets, mais les bêtes en général répugnaient à suivre ce qu'elles ne voyaient pas.

Andreï s'enthousiasma pour la vie spirituelle des Indiens Pieds-Noirs, qui croyaient aux forces invisibles et pensaient que les esprits vaquaient librement à leurs affaires sous le nez des vivants. Ils ne croyaient pas si bien dire. Mais déjà la culture indienne était en passe de devenir un folklore. Les jeunes s'y intéressaient pour des raisons politiques qui finissaient en guerre d'escarmouches contre l'avis des anciens. Sous certains tipis, Andreï assista à des palabres qui ressemblaient étrangement aux réunions de sa jeunesse, et quand un guerrier proposa fièrement de se rendre à Washington pour tuer le président Cleveland, il ne put s'empêcher d'éclater de rire.

Quelques jours plus tard, le jeune Indien chevauchait à la tête d'une bande de dix-sept guerriers qui jouaient des pectoraux en poussant des cris aigus. Ils incendièrent quelques fermes en imaginant porter un coup fatal à la nation des Blancs. Une unité de cavalerie équipée des nouvelles mitrailleuses Hotchkiss les extermina jusqu'au dernier en une minute quarante-huit secondes, ce qui constituait un nouveau record en la matière. Pour saluer l'exploit, le colonel autorisa le massacre des femmes, des vieillards et des enfants qui étaient demeurés au village. Si tous ces Pieds-Noirs étaient devenus de purs esprits, Andreï n'en rencontra aucun en fuyant dans les bois. Une balle perdue lui avait déchiré le gras du bras. Tout invisible qu'il était, il n'était pas à l'abri d'une rafale qui ne visait personne en particulier et tout le monde en général. L'air du temps était à l'efficacité.

Il gagna San Francisco en 1894, pour l'Exposition universelle, et se promena parmi la foule compacte, un miroir à la main, en cherchant des yeux un autre reflet que le sien. Plus le temps passait et moins il croyait à la possibilité de redevenir visible, mais il avait toujours le faible espoir qu'il y en eût d'autres comme lui sur la planète.

Il était retourné en Europe l'année suivante, à l'occasion de l'Exposition universelle d'Amsterdam. C'était là qu'il avait entendu parler des travaux extraordinaires de Whilhem Conrad Röntgen. Cet homme avait réussi l'exploit de prendre des photographies de l'intérieur des corps, procédé qu'il avait baptisé rayons X. Bousculé par la foule du pavillon des sciences, Andreï avait longuement contemplé le cliché irréel d'une main. C'était celle de la femme de Röntgen. La peau et les muscles n'étaient qu'une ombre sur des os noirs, et la bague de mariage semblait flotter autour de l'annulaire. Il prit un train pour la Bavière et l'université de Würzburg. Lorsqu'il franchit le seuil du laboratoire où Röntgen travaillait seul, il se trouva devant un homme qui lui ressemblait comme un frère. Mêmes cheveux et même barbe, même stature à peu de chose près, même mélancolie du regard, comme si le fait de pouvoir contempler l'invisible avait provoqué en Röntgen une insondable tristesse. C'en était dérangeant, et encore une fois Andreï avait dû lutter contre ce qui ressemblait à un appel du destin, ce sentiment injustifiable que rien n'arrivait pour rien.

Il s'attacha à cet homme patient et cultivé, trop humble pour tirer profit de sa célébrité naissante. Amoureux de sa femme autant qu'au premier jour de leur rencontre, il l'avait radiographiée sous tous les angles comme pour s'en approprier l'intérieur, l'exposant ainsi sans le vouloir à des doses mortelles de radiation.

Andreï s'attarda des mois à Würzburg, passant chacune de ses minutes en compagnie de Röntgen, dans son laboratoire, dans ses dîners en ville, l'accompagnant dans ses fréquentes randonnées en montagne. À travers cet homme qui lui ressemblait tant, il contemplait la vie que l'invisibilité lui avait dérobée. Il en vint à se vêtir comme lui et à imiter chacun de ses gestes, mangeant ce qu'il mangeait, adoptant ses attitudes et calquant ses humeurs. Il poussa même l'audace jusqu'à passer plusieurs nuits dans la chambre conjugale, pleurant en silence lorsque son *alter ego* faisait tendrement l'amour avec sa femme que le cancer ravageait déjà.

La douceur qui prévalait aux rapports des époux était une leçon de deuil prématuré. Plutôt que de les retarder, ils s'étaient cantonnés très tôt dans un rituel des adieux qui se prolongea tant qu'il resta une étincelle de vie, bien qu'il n'y eût aucune lueur d'espoir. Dans les derniers jours de l'agonie, Röntgen ne quitta le chevet de sa femme que pour se rendre dans les laboratoires de l'université, d'où il revint avec une fiole d'éther et une dose de cyanure. Elle mourut sans souffrir, et Röntgen s'installa dans une solitude imputrescible constituée de travail acharné et de sorties en montagne.

Les rayons X n'avaient rien révélé d'Andreï, pas même une ombre parmi les ombres, et pourtant il restait. Il fallut un accident en montagne pour qu'il comprenne les dangers de cette identification, car si Röntgen était un montagnard d'expérience, Andreï ne l'était pas. En sautant à sa suite par-dessus une crevasse dans le massif du nord, il se brisa une jambe. Il cria de douleur et appela à l'aide, mais Röntgen s'éloigna sans entendre.

Andreï avait rampé pendant une douzaine d'heures avant d'atteindre un village où il avait immobilisé la fracture en serrant les dents avant de s'effondrer dans un sommeil sans rêves. Il n'avait pas revu Röntgen depuis, mais il s'était réjoui lorsqu'on lui avait décerné le premier prix Nobel de physique quelques années plus tard, bien qu'il se doutât que les honneurs ne soulageaient en rien ses chagrins.

Dans l'après-midi, il alla chercher une brassée de bois dans l'une de ses cachettes creusées dans la colline. La traînée de sang attira tout de suite son regard. La femme avait bougé. Elle avait rampé sur une bonne centaine de mètres en laissant derrière elle, sur la neige, une ligne pointillée de rouge qui menait directement vers sa maison. Andreï en ressentit de la contrariété. Pour l'heure, le corps de la femme était immobile. Il s'en approcha. Elle respirait avec difficulté, des sanglots dans la gorge. Puis elle se mit à gémir de plus en plus fort, c'était sa version d'un cri de rage et, jouant des coudes, elle avança de cinquante pénibles centimètres. Sa vie ne voulait tout simplement pas s'éteindre. Le soleil luttait de ses rayons contre le froid qui cherchait à l'engourdir. Andreï se demanda jusqu'où pouvait aller cette jeune femme avant que la nuit ne la fige pour de bon. Qu'espérait-elle? Il avait vu des milliers de gens mourir, des hommes, des femmes, des enfants. Dans certaines cultures, on accueillait la mort sans broncher, dans d'autres on la rejetait telle une aberration. Il ne se demandait plus pourquoi. Cette jeune femme avait peut-être vingt ans, guère plus. Les hasards de son existence l'avaient menée ici. Ce n'était pas une fatalité, mais une succession d'accidents et de décisions aux conséquences imprévisibles.

La jeune femme se retourna brusquement sur le dos pour offrir son visage au soleil. Elle haletait. Elle prit un peu de neige dans sa main et la porta à sa bouche pour la faire fondre. Andreï vit qu'elle avait du mal à déglutir, mais elle recommença plusieurs fois. Elle allait mourir, pourtant elle se souciait de sa soif. Elle allait mourir, mais elle abreuvait son corps comme s'il y avait un lendemain. Décrassée, elle aurait pu être jolie. Elle avait fermé les yeux. Sa respiration s'apaisa. Andreï resta un long moment à la regarder dormir.

Après l'accident dans le massif, sa jambe avait mis longtemps à guérir. Aujourd'hui encore, il arrivait qu'elle lui joue des tours par temps humide. Il y avait eu des complications, de l'infection. Quelques semaines après l'accident, il s'était vu forcé d'ouvrir la plaie au couteau pour en gratter la purulence qui adhérait à l'os et y déverser une pleine bouteille d'alcool. Il s'évanouit à trois reprises pendant l'opération. Il passa l'hiver dans ce village de montagnes bloqué par les neiges.

Il célébra son retour à la santé en regagnant Paris pour monter en claudiquant les trois étages de la tour Eiffel. Au sommet, il contempla longuement la ville par le truchement du miroir qui ne le quittait jamais. On était en 1900, alors, déjà. La troisième Exposition universelle accueillait pour l'occasion plus de cinquante millions de visiteurs, dont pas un seul ne se reflétait dans le miroir d'Andreï. C'était désespérant. Andreï boitilla jusqu'à la gare de l'Est pour monter à bord de l'Orient-Express.

Trois jours plus tard, il était à Istanbul. Encore deux semaines de voyage par la mer, et il rejoignait Shanghai, puis Pékin, qui se relevait à peine de la guerre des Boxers. On avait mis la ville à sac, l'impératrice était en fuite et les forces de la coalition, Anglais, Français, Russes et Allemands, se vengeaient des Boxers qu'ils ne savaient pas reconnaître en tirant sur tout ce qui avait les yeux bridés, y compris quelques Japonais qui étaient pourtant leurs alliés.

Plus il avançait en âge et moins ses souvenirs d'une vie normale se faisaient précis. Une réalité se substituait à l'autre comme un transfert d'équilibre. De plus en plus souvent, Andreï en oubliait de sortir le miroir de sa poche, se contentant d'être le spectateur d'un monde qui continuait sans lui. Il poussa vers l'ouest et les montagnes. Au Tibet, certains moines paraissaient aussi peu présents au monde que lui. Andreï ne comprenait pas cette volonté d'effacement, qui lui semblait ridicule tant elle résultait d'un effort que lui-même n'avait pas à produire. Il quitta les montagnes et monta vers le nord et la Mongolie. Ces vastes plaines herbues que parcouraient de petits chevaux solides avaient le don de l'apaiser. Les Mongols sous la yourte buvaient du lait de jument et riaient beaucoup. Leurs enfants étaient beaux dans leurs habits chamarrés. Ils montaient à cheval avant d'apprendre à marcher. Le vent soufflait en permanence, parfois tendre comme une caresse, parfois cinglant comme une gifle, sans qu'on sache jamais à quoi s'attendre. Le climat sculptait les hommes et les paysages. Andreï réalisait qu'il n'était somme toute pas très loin de chez lui, mais qu'il avait dû faire un long détour pour y parvenir. Cette pensée lui fit craindre qu'il ne tournât en rond. Il repartit vers le sud.

Il restait parmi les hommes juste assez longtemps pour commencer à comprendre leur langue. Il s'apercevait alors que les conversations, là comme ailleurs, tournaient invariablement autour de la survie et de l'argent. Andreï exécrait la mesquinerie des hommes et leur enviait les repas partagés, les discussions lasses des époux, le soir, à la lueur d'une pauvre lampe.

Seule la diversité parvenait encore à l'enchanter. L'étonnante variété des paysages lui permettait de croire que le monde accueillait l'infini des formes, y compris la sienne. Son invisibilité lui permettait de se promener à sa guise parmi les animaux sauvages sans les effrayer. Il vit des oiseaux énormes couverts de poils, avec une grosse bosse bien dure sur la tête qui leur servait à labourer le sol pour en extraire leur pitance. Il vit des kangourous qui portaient leurs petits dans une poche ventrale. Dans les Indes néerlandaises, il se prit de sympathie pour une communauté d'orangs-outans qui semblait consacrer l'essentiel de son temps à manger, dormir et méditer. Ces gros singes aux bras démesurés se déplaçaient avec une lenteur de vieux sages et se construisaient des toits dans les arbres pour se protéger de la pluie. Leurs yeux étaient si tristes qu'Andreï se demandait de quelles souffrances ils avaient la nostalgie. Lorsque vint la saison des amours, leur comportement féroce acheva de le convaincre que l'homme descendait effectivement du singe, comme l'avait affirmé un biologiste anglais.

Il revint vers l'ouest par la mer Rouge et Madagascar, puis remonta lentement l'Afrique. Il s'arrêtait parfois des mois, saisi par la grâce d'un paysage ou la douceur d'un climat, mais plus il s'approchait de l'Europe, plus il éprouvait une sorte de nostalgie de l'hiver, qu'il n'avait pas revu depuis plusieurs années. Ses rêves étaient peuplés de champs de neige, tout semblait y prendre en glace, se figer.

Andreï se réveillait dans une chaleur d'étuve et se demandait où il était. Il lui fallait de plus en plus de temps pour répondre à la question. Suant à grosses gouttes sous une pluie africaine qui s'évaporait en touchant le sol brûlant, il comprenait que ses voyages ne l'avaient pas tant enrichi de connaissances que dépouillé de ses illusions.

C'est dans les journaux du Caire qu'il vit pour la première fois la photo du petit Grigori devenu grand.

Parfaitement reconnaissable bien qu'en plus osseux, l'enfant qu'il avait sauvé de la noyade était devenu le conseiller spécial de la tsarine. L'article s'attardait longuement sur la sulfureuse réputation de séducteur de ce cul-terreux, ce Raspoutine. On y affirmait aussi qu'il communiquait avec les esprits. Andreï relut l'article des dizaines de fois, puis courut jusqu'à la gare.

Le soleil maintenant disparaissait derrière l'horizon. Vingt fois encore la jeune femme avait tenté de se relever. Vingt fois elle était retombée. Andreï admirait un courage qu'il ne comprenait pas. Il n'avait pu s'empêcher, tout au long de l'après-midi, d'aller voir sur le seuil si elle était à l'article de la mort ou si au contraire elle avait repris des forces. Cela le troublait. Cette jeune femme que le hasard avait choisi de mettre sur son chemin le dérangeait dans ses plans. Assis près du poêle, les *Pensées* d'Épictète à la main, il ne parvenait pas à se concentrer sur la sagesse immémoriale qui hier encore parvenait à l'apaiser. Et voilà qu'il était dehors à nouveau.

Il s'accroupit et enveloppa la jeune femme d'une épaisse couverture de laine en veillant à ne pas la toucher. Après quelques secondes, elle frissonna, puis ses traits parurent peu à peu se détendre. Andreï se releva. Les premières étoiles apparaissaient dans le ciel. Il regarda encore la femme, puis reprit le chemin de sa maison en se morigénant.

Sur le seuil, il hésita encore. Malgré le froid et un peu à contrecœur, il laissa sa porte entrouverte de manière à ce qu'un fil de lumière issu de la lampe fût visible de l'extérieur.

La Russie avait beaucoup changé, mais cette jeunesse du siècle qu'elle arborait fièrement n'était que de façade. Sous le clinquant des inventions, sous l'éclat lisse du métal et du verre, sous les atours occidentaux dont la haute société aimait se parer, ça sentait encore la patate et la vodka, le vinaigre et la misère.

Pour la tsarine, Raspoutine symbolisait l'ancienne Russie, celle, mystique et orientale, qui était née comme une vermine dans les tourbières et les steppes et s'était élevée seule au rang de l'humanité. Il portait les cheveux longs et gras, ses ongles étaient noirs de crasse et il puait un mélange d'alcool et de sueur aigre. Toujours revêtu d'une sorte de soutane tachée mais taillée sur mesure dans des tissus rares, il incarnait l'immensité du pays, sa force sauvage, incontrôlable. Sous la soutane, il ne portait que ses bottes, laissant subtilement deviner les dimensions d'un organe sexuel plus considérable que la moyenne, ce qui expliquait également la fascination des dames de la cour, plusieurs en ayant fait l'expérience avant d'en faire part aux autres.

Andreï était revenu à Saint-Pétersbourg à la hâte, maudissant la lenteur des transports terrestres et les caprices inexplicables des horaires du chemin de fer. En Amérique et en France, on volait comme les oiseaux à bord d'armatures de toiles tendues sur un cadre de bois par des fils de fer.

Pour trouver Raspoutine, il chercha la tsarine et la trouva au palais, qui n'avait guère changé en trente ans. L'or, c'est l'or, peu importe la forme qu'on lui donne. Lorsque Andreï les rejoignit, Raspoutine et la tsarine tenaient conseil. Le moine fou parlait d'une voix basse, concentrée, qui soudain s'interrompit en plein milieu d'une phrase.

Qu'avez-vous? demanda la tsarine.

Mais Raspoutine ne répondit pas et leva les yeux vers Andreï qui articula prudemment :

Tu me vois?

Une vision? demanda la tsarine.

C'est passé, dit Raspoutine en se tournant vers elle. Je ne sais pas. Un souvenir, peut-être. Il se frotta les yeux. Où en étions-nous?

C'est extraordinaire, pensa Andreï dont le cœur battait douloureusement. Mais au cours des heures qui suivirent, il ne se passa rien de remarquable. Le soir, il accompagna Raspoutine dans ses appartements, où l'attendait sa petite cour personnelle composée de prostituées et d'ivrognes ramassés dans le ruisseau. Un peu plus tard, des membres de la cour arrivèrent incognito pour se joindre à la fête perpétuelle qui régnait en ces lieux.

Plus Raspoutine buvait et plus ses yeux lançaient des éclairs. Quatre musiciens vaguement gitans débarquèrent avec leurs instruments, et le moine se mit à tourbillonner comme un derviche au son de la musique percussive. Cela dura fort longtemps, et c'était en soi un exploit qu'il réussisse à conserver l'équilibre. Il tournait de plus en plus vite, les gouttes de sueur volaient dans la pièce, éclaboussant l'assistance qui avait cessé de danser pour l'observer dans un silence de messe. Après une quinzaine de minutes, obéissant à une logique connue d'eux seuls, le danseur et les musiciens ralentirent progressivement le rythme. Quand enfin il cessa, Raspoutine s'immobilisa très exactement face à Andreï et plongea son regard dans le sien en haussant les sourcils. Pendant quelques secondes il ne se passa rien, puis un peu de sang s'écoula des oreilles et du nez de Raspoutine, qui s'écroula comme une masse sur le sol, inconscient.

Aussitôt, toutes les femmes présentes et quelques hommes se précipitèrent sur le moine pour lécher son sang avec des gloussements de joie. Son sexe en érection soulevait la soutane comme un piquet de tente; une femme le dégagea de son carcan de tissu et s'y empala en roulant des yeux. Bientôt, tous furent nus, et le moine reprit conscience, hilare, pour se jeter à son tour dans la mêlée dont jusqu'alors il avait été l'enjeu.

Andreï hésitait entre le dégoût et la fascination. Raspoutine avait tourné comme l'aiguille affolée d'une boussole avant de trouver son nord en la personne d'Andreï. Existait-il entre eux un lien aussi puissant que celui des deux pôles?

Au cours des mois qui suivirent, Andreï assista à plusieurs soirées de ce genre qui finissaient inéluctablement en orgie. C'était décevant. À certains moments, Raspoutine semblait percevoir sa présence, mais si c'était le cas, il s'en contentait sans vouloir aller plus loin, et c'était cher payé que d'assister à toutes ces bacchanales pour quelques regards sans lendemain. Bien installé dans sa quarantaine, Andreï ne connaissait des plaisirs de la chair que ce qu'il en avait vu ou imaginé, le contact de la viande froide des vivants étant à ses yeux singulièrement dénué de potentiel érotique. Or Raspoutine, s'il était de bon conseil pour la tsarine, consacrait le plus clair de son temps à ce qu'il appelait la rédemption par le péché. Pour Andreï, qui avait connu la vastitude du monde et la pluralité des peuples, il paraissait incongru qu'on puisse considérer comme universelle une chose qui ne l'était pas. Chez les Peaux-Rouges, l'amour physique était un simple plaisir échangé qui ne s'encombrait pas de mystique. La notion de péché n'était pas aussi répandue que les popes voulaient le faire croire. Malgré toutes ses qualités et ses dons indéniables, Raspoutine était le produit d'une culture parmi d'autres qui faisait l'erreur de prendre la partie pour le tout.

N'empêche, la vision de tous ces corps nus se vautrant dans le plaisir était pénible pour Andreï. Raspoutine semblait le voir, puis plus rien. En revanche, Andreï voyait tout, et c'était trop.

Au bout d'un an, les choses n'ayant pas progressé avec Raspoutine, Andreï décida de quitter temporairement Saint-Pétersbourg. Il avait le projet de se construire un abri loin des grandes villes, un lieu de solitude où il pourrait se reposer, méditer et reprendre des forces. Un endroit pour lui où il n'aurait pas en permanence la désagréable sensation d'être une aberration.

Une autre raison le poussait à s'éloigner de la capitale. Un simple coup de feu dans une rue de Sarajevo avait suffi à embraser l'Europe. La guerre se préparait. L'efficacité des armes modernes laissait présager un bain de sang qui n'épargnerait pas les innocents.

Il s'éveilla alors qu'il faisait encore nuit et elle était là, roulée en boule sur le plancher, devant l'âtre où ne subsistaient que des braises étouffées par la cendre. Il faisait froid dans la petite maison creusée sous la butte, mais le vent n'y soufflait pas. Sous le plancher, Andreï avait entassé cinquante centimètres d'aiguilles de pin bien sèches; au-dessus s'étendait un tapis fait de trente-deux peaux de lièvres cousues ensemble. C'était là qu'elle s'était installée, sa poitrine se gonflant à intervalles réguliers. Bien que soulagé de la savoir vivante, il n'ignorait pas ce que cela signifiait : il lui faudrait partir, recommencer ailleurs, laisser à la jeune femme l'usage de sa maison creusée sous la butte à la construction de laquelle il avait consacré les quatre premiers mois de la guerre.

La modestie de cette tâche l'avait apaisé. C'était un lieu pour lui seul – et voilà qu'ils étaient deux.

Il n'y avait rien de bon à tirer de la cohabitation du visible et de l'invisible. Il allait payer cher sa pitié pour la jeune femme, cet élan du cœur qu'il n'était pas parvenu à contenir tout à fait. Il aurait pu partir maintenant, mais peut-être était-ce prématuré? Il décida de rester quelque temps pour voir si elle allait survivre.

Le lendemain matin, à l'aube, il sortit effacer dans la neige les traces de sang qui conduisaient jusqu'à sa porte, craignant que les pillards ne reviennent sur leurs pas pour retrouver la femme.

Il avait dès lors alterné des séjours prolongés sous la butte et de brèves excursions à la capitale, qui était entre-temps devenue Petrograd, car Saint-Pétersbourg sonnait trop allemand aux oreilles des Russes. Or, l'Allemagne était maintenant un pays ennemi. Le continent se vautrait dans la guerre. Les trains et les routes étaient envahis par des soldats fuyant le front, épuisés et sanglants, abattus, amputés, éborgnés, aux pansements crasseux et aux uniformes en lambeaux. Ce conflit dont les causes étaient obscures ne leur semblait pas mériter les sacrifices que le tsar exigeait d'eux. Les déserteurs s'égaillaient dans les campagnes en cherchant à rentrer chez eux. Raspoutine, qui avait le doigt sur le pouls du peuple, avertissait chaque jour la tsarine des dangers de cet état d'esprit.

Ils perdent confiance, disait-il.

Je n'y peux rien, répondait la tsarine. Puisqu'elle était d'origine allemande, elle avait déjà fort à faire pour éviter les calomnies à son sujet. Certains n'hésitaient pas à la qualifier d'espionne. Il est vrai qu'elle s'était opposée aux politiques de son mari en tentant de s'interposer entre les tenants de l'ordre ancien et ceux qui voulaient faire de la Russie une république. Le tsar avait fini par céder le pouvoir à une assemblée constituante qui prenait l'eau de partout. Des grèves minaient un pays devenu ingouvernable.

La confiance du peuple n'est pas ce qui m'inquiète le plus en ce moment, dit-elle.

Dites au tsar que rien n'est plus important pour lui que la confiance du peuple, répondit Raspoutine.

Andreï avait fini par aimer cet homme assez sot pour se croire invincible, mais assez fin pour protéger ses arrières. Raspoutine avait mis beaucoup de soin à se plonger publiquement dans une fausse transe mystique dont il avait émergé en disant que, tant qu'il resterait en vie, le tsar et les siens seraient en sécurité.

Dans le nid de vipères de la politique russe, on avait salué l'habileté de l'arnarque tout en la déplorant. Les esprits les plus froids et les plus calculateurs accordaient au moine fou des pouvoirs occultes dont ils avaient appris à se méfier. Par une simple imposition des mains, n'avait-il pas sauvé le fils hémophile du tsar à trois reprises alors que ses médecins s'étaient montrés impuissants? Andreï s'était souvent demandé s'il n'était pas à l'origine de ce pouvoir de Raspoutine, qu'il avait fait saigner lorsqu'il était enfant en le portant dans ses bras. Le flux et le reflux du sang dans les veines recelaient des mystères qui étaient la vie. En attendant, à la cour, celui qui tuerait Raspoutine devrait également endosser pour l'opinion publique la responsabilité de la mort éventuelle du tsar et de sa famille. Ça faisait beaucoup.

Tandis que des millions de combattants mouraient dans les tranchées de l'Ouest, Raspoutine cherchait la voie politique du juste milieu. Il était pacifiste et libéral, mais ses manières l'apparentaient aux aristocrates décadents et à l'obscurantisme religieux, si bien qu'il était détesté par les deux camps. Il ne paraissait pas s'en soucier et continuait comme avant sa vie de débauché.

Raspoutine ne dormait pas. Il s'effondrait de fatigue et d'alcool pour une heure ou deux d'inconscience sur le petit lit très dur qu'il avait fait transporter dans une alcôve peinte en rouge. C'était là les moments préférés d'Andreï, qui pouvait ainsi être seul avec lui.

Quand Raspoutine battait des paupières avant d'émerger, il semblait particulièrement réceptif à la présence de l'invisible. Son regard devenait interrogateur et une fois il avait murmuré Qui es-tu? sans paraître entendre la réponse. Andreï avait accueilli ces simples mots avec une immense gratitude, comme si l'univers obscur dont il était prisonnier s'était un instant entrouvert pour laisser passer un filet de lumière.

La guerre achevait sa deuxième année. Andreï s'était rendu au palais, mais la tsarine avait rejoint son époux près du front où, enfermé dans le wagon royal d'un train réservé à son usage exclusif, il achevait de perdre contact avec la réalité. En l'absence de la tsarine, Raspoutine n'était nulle part le bienvenu. Andreï pensa le trouver chez lui, mais il se heurta à une porte close. Il retourna au palais pour épier les conversations. Le soir tombait. Tout était calme, mais d'un calme bizarre, tendu. Dans des salles aux portes closes, des gens discutaient à voix basse et à demi-mot, en hochant gravement la tête.

Andreï se rua hors du palais et courut chez le prince Ioussoupov. Bien calé dans un fauteuil du salon, Raspoutine écoutait poliment son hôte qui jouait de la guitare pour son bénéfice et celui de trois autres invités. Un serviteur entra en portant un plateau avec une bouteille de bon vin et des verres déjà remplis. Le prince interrompit sa mélodie.

Ne bois pas, dit Andreï en se concentrant de toutes ses forces. Ne. Bois. Pas.

Au tsar, dit le prince.

Andreï prit le verre des mains de Raspoutine au moment où il le portait à ses lèvres, jeta le vin derrière le fauteuil et remplit le verre avec le vin inoffensif de la bouteille.

Le prince écarquilla les yeux, puis se les frotta.

Au tsar, répondit Raspoutine avant de tout avaler d'une seule lampée. Il fit claquer sa langue. Il buvait comme un paysan.

Le prince reprit sa guitare, mais il jouait mal. Tous regardaient Raspoutine et souriaient bêtement, mal à l'aise. Ils se tortillaient dans leur fauteuil. Raspoutine vida la bouteille sans rien remarquer. Pour un médium, il n'était guère clairvoyant. Au bout d'une heure, le prince reprenait en plus faux des airs qu'il avait déjà joués. Il suait abondamment. Il déposa son instrument en bredouillant des paroles inintelligibles. Un à un les invités quittèrent la pièce en invoquant des prétextes divers.

Je vous prie de m'excuser un moment, dit le prince. Il sortit à son tour. Andreï hésitait. Devait-il rester auprès de Raspoutine afin de le protéger, ou alors rejoindre les comploteurs pour connaître leur plan ? Il décida de rester.

Le prince revint seul. Un tic à la paupière gauche déformait son visage. Il entama une conversation insignifiante à laquelle Raspoutine se prêta complaisamment. La soirée s'étirait. S'il n'avait été sur ses gardes, Andreï se serait endormi. Mais quoi qu'il en fût, il n'eut pas le temps de réagir lorsque le prince au milieu d'une phrase sortit de sa poche un pistolet et fit feu à trois reprises.

Un trou apparut dans le front de Raspoutine, un peu au-dessus du sourcil gauche. Son expression n'avait pas changé, il souriait toujours, mais le trou dans son front lui donnait un air sarcastique.

Au son de la détonation, les autres étaient réapparus dans le salon. Ils regardaient le prince puis Raspoutine alternativement. Andreï s'était précipité sur le corps du moine et tentait de le soulever. Aux yeux des autres, Raspoutine bougeait encore.

Tire ! Tire donc !

Il est mort, dit le prince. Je l'ai eu à la tête.

Tire encore.

Le corps était grand et lourd, Andreï ne parvenait pas à le soulever tout à fait. Il le tint par la taille, passa le bras de Raspoutine autour de son cou.

Le prince et ses complices se tordaient les mains. La malédiction! dit l'un.

C'est impossible, murmura un autre.

Ils suivirent la silhouette désarticulée de Raspoutine qui déjà franchissait le seuil.

Je l'ai tué, dit le prince. Malheur à moi.

Tu vois bien qu'il n'est pas mort.

Nous le sommes tous.

Andreï peinait sous le poids, les yeux aveuglés de larmes. M'entends-tu? Il lui ordonnait de respirer.

Les assassins tournaient autour de Raspoutine comme des vautours, décochant coups de pieds et coups de matraques. Le prince avait toujours son arme à la main et pouvait tirer d'un moment à l'autre. Andreï vit le canal dont les eaux, prises en partie par les glaces, ménageaient une voie de sortie. Il s'y dirigea, et se laissa tomber avec son fardeau sur une plaque de glace qui craqua sous leur poids.

Andreï traîna le corps sous les étoiles pendant trois cents mètres avant de se résigner. Il se laissa tomber à genoux, sous l'ombre d'un pont que la lune éclairait. Il caressa les cheveux de Raspoutine. Toutes ces années pour rien. Ce qu'il avait pris à la rivière, il le rendait à la rivière. Il fit glisser Raspoutine dans le courant, qui l'emporta.

Les autorités retrouvèrent le corps quelques jours plus tard, pris dans un embâcle en aval. Le scandale déclencha une enquête. Il y eut une autopsie. Malgré les traces d'impact des balles, la présence d'eau dans les poumons de Raspoutine força les médecins légistes à conclure à la mort par noyade.

Andreï soupira. Il ajoutait une bûche dans le poêle en se disant qu'il avait froid. Qui tentes-tu de convaincre ? Si le hasard avait amené la jeune femme jusqu'à sa porte, ce n'était pas pour qu'il la tînt fermée et refusât d'agir. Invisible, il appartenait tout de même à l'espèce humaine. Malgré toutes ses tentatives de détachement, c'est vers les siens qu'il avait depuis le début voulu retourner. Il n'avait pas connu sa chance d'être en vie, dense et pesant, il n'avait pas eu conscience du miracle d'un corps qui bloque les rayons du soleil et les reflète. La plus misérable des créatures pouvait toujours espérer améliorer son sort. Beaucoup le faisaient, même si le choix des moyens n'était pas toujours judicieux.

Quand arrêteras-tu de penser à toi ? Pourquoi ne parvenait-il pas à s'oublier ? Plusieurs fois il avait songé mettre fin à ses jours. La tentation avait été grande et il existait toutes sortes de moyens. Le poison, la corde. Un simple saut du haut d'une falaise. Il aurait eu pendant quelques secondes l'impression de voler, il aurait entendu le vent siffler à ses oreilles et les rochers en contrebas se seraient précipités vers lui.

Mais il y avait toujours un reste d'espoir qui attachait au fond de la marmite. C'est ce qui l'avait empêché de se tuer, ce résidu à moitié calciné. Il jouait avec l'idée de la mort, qui le rassurait, sachant qu'il pouvait toujours le faire et qu'il ne le ferait pas. Ce n'était pas une question d'opinion. Ce n'était pas une question morale. Il avait vu des vieillards se laisser mourir pour ne pas devenir un fardeau. Mais ils mouraient pour les autres. Mourir pour soi était tout aussi vain que vivre pour soi. À chaque fois qu'il en avait envisagé l'idée, il avait fini par dénouer le nœud coulant ou s'éloigner de la falaise. C'était une liberté dont il ne pouvait se résoudre à jouir.

Il avait à portée de main toutes les richesses qu'il voulait. Il avait fait le tour du monde. Les dédales du palais lui étaient devenus familiers. Il avait appris les rudiments de tant de langues qu'il lui arrivait de rêver en charabia. Inculte, il avait lu plus de livres que bien des savants. Mais tout ce qu'il avait appris, tout ce qu'il avait vu, tout ce qu'il avait pensé disparaîtrait avec lui. Une existence gâchée, une expérience avortée, voilà ce qu'il était. Ce n'était pas un jeu. C'était de sa vie qu'il était question. Pas d'une expérience de laboratoire. Il n'était pas un rat. Ou alors il était un rat? Un cobaye dans le labyrinthe de verre d'un savant fou? Il était fatigué. Il ne pouvait compter que sur ses propres forces. Un instinct le poussait malgré tout à chercher la sortie du labyrinthe. Il est plus difficile qu'on le croit d'abandonner la partie.

Tant que la jeune femme dormait, il pouvait agir à sa guise. Il se prépara un café à la manière des Turcs. Il but à petites gorgées prudentes le liquide sirupeux, qui acheva de le sortir de lui-même. Il regarda la jeune femme. Comment s'appelait-elle? Avait-elle une famille, un amoureux? Elle aussi avait disparu, un jour. Y avait-il quelqu'un pour s'en inquiéter? Sans doute avait-elle cette chance d'un père ou d'une mère qui se rongeait les sangs en l'espérant vivante. Pas tout à fait disparue, donc. Avec un peu de chance, elle pourrait retrouver les siens et reprendre tant bien que mal une existence dont Andreï ne savait rien.

Les lèvres de la jeune femme avaient viré au rose. Elle vivrait. Il ne la toucherait pas pour lui éviter les saignements, mais ses blessures semblaient superficielles. Celles du corps, du moins. Qui sait ce qu'elle avait eu à subir entre les mains des pillards ? Un choc assez fort pouvait briser un esprit aussi nettement qu'un miroir ; chaque morceau reflétait la totalité de l'image, mais l'ensemble devenait indescriptible, confus, chaotique. Andreï était curieux de voir comment elle allait s'en sortir, si elle s'en sortait. Il était curieux d'entendre le son de sa voix.

Il était important de ne pas l'effrayer outre mesure. Les humains croyaient aux fantômes parce que de nombreux pans de l'existence leur restaient cachés. C'est une chose que d'être ignorant ; c'en est une autre que de le savoir. Les fantômes, les esprits, les dieux permettaient de ranger l'inexplicable à part, dans une boîte de Pandore. À une certaine époque, Andreï s'était amusé à l'ouvrir quand bon lui semblait. Il avait un peu joui de la frayeur qu'il pouvait déclencher en déplaçant les objets. Une fois, exaspéré par une énième séance d'occultisme trafiquée, il s'était déchaîné en déplaçant les tables et les chaises, en lançant des verres et des assiettes à travers la pièce. La fausse gitane qui présidait la séance en avait été si effrayée qu'elle avait sur-le-champ fermé boutique et s'était trouvé un emploi moins bien payé dans une corderie des environs de Moscou. Plus jamais elle ne s'était vantée de converser avec les esprits. Elle était devenue dévote, rassurée par les murs bien lisses d'une orthodoxie sur laquelle accrocher ses icônes.

L'espace habitable était réduit. Il ne voulait pas qu'elle saigne. Il s'inquiétait. De quoi allait-elle se nourrir ? Savait-elle piéger le lièvre ? Il songea qu'il lui faudrait laisser traîner des collets afin de lui en souffler l'idée. Déjà sur le poêle un chaudron de soupe

91

frémissait doucement, qui se chargerait de sa faim. Et si ses plaies s'infectaient? Aurait-elle la force de les nettoyer? Quelles seraient ses pensées en s'éveillant? Elle croirait sans doute que le propriétaire de cette grotte de terre s'était provisoirement absenté. Elle attendrait sa venue, craintive. Elle n'était pas en mesure de faire confiance au hasard.

Trop de questions. Andreï devenait impatient. Il sortit vérifier ses collets en y mettant plus de temps que nécessaire. Quand il revint, elle dormait toujours. Il remit du bois, reprit son livre, se carra dans le fauteuil et s'installa dans l'attente. Au coin des lèvres de la jeune femme, une bulle de salive palpitait en prenant des reflets irisés.

Quand elle reprend conscience, elle croit être encore avec la bande de Magyr-le-Loup. Elle serre inconsciemment les cuisses, bien que cela n'ait jusqu'alors rien empêché. Elle ne veut pas ouvrir les yeux, c'est si bon de dormir. Elle sent la chaleur sur sa peau. Le sol est dur, mais lisse et recouvert de quelque chose de doux dont elle sent la caresse sur sa joue. Elle a mal, certes, mais cette douleur l'accompagne depuis si longtemps qu'elle s'y est habituée. C'est son état normal. Le silence, par contre, a quelque chose d'inhabituel. Pas de renâclements de chevaux. Pas de grognements ni de ronflements. Pas de cris avinés. Pas d'ordres aboyés d'une voix gutturale. Le silence l'enveloppe. Elle s'y pelotonne quelque temps. Enfin, le silence l'effraie. Elle ouvre un œil puis l'autre, prudemment, sans bouger. Elle ne reconnaît pas les lieux et ne se souvient pas de la façon dont elle est arrivée ici. Est-il possible qu'elle soit seule? Elle se redresse en gémissant. Ses muscles sont douloureux. Ses articulations raidies protestent. Il y a un poêle et sur le poêle un chaudron et dans le chaudron quelque chose qui sent terriblement bon. Elle a faim. Il y a aussi une grosse bouilloire avec de l'eau chaude et à côté, sur une étagère, un seau d'eau froide et une bassine, un gros pain de savon, des linges propres, des pansements et une bouteille de vodka. Il y a tout. Elle s'inquiète, c'est peut-être un piège, une façon de la mettre à l'épreuve, d'achever de la briser. Il lui suffirait d'approcher de la soupe pour qu'aussitôt on la roue de coups, on l'écartèle et on la viole. Non. Pas de désir, pas de mouvement, pas de mots, pas de grimaces. Pas de larmes. Ils la battent quand elle pleure parce que ça les énerve. Elle reste impassible. Elle se sent faible, se résigne à ne pas bouger. Elle reste assise, ramène ses genoux contre sa poitrine et les serre entre ses bras. Elle attend. Elle attend des heures. Elle attend tout un jour, et une partie de la nuit. Elle a vu que c'était la nuit en se levant pour entrouvrir la porte et regarder dehors. Mais il n'y a rien dehors. Elle est vraiment seule. Elle n'y croit pas. Elle regarde encore. Personne. Pas un bruit à part celui du vent. Elle commence à peine à se rappeler qu'on l'a jetée sur un cheval. Elle se souvient très vaguement d'un galop, d'une chute. Elle se souvient du froid et peut-être, mais elle n'est pas certaine, se souvient-elle de la sensation de la neige qui fond dans sa bouche. Comment elle s'est retrouvée ici, elle ne sait pas. Le poêle s'est éteint, la nuit est fraîche. Elle prend le risque d'ajouter une bûche, deux bûches, et de ranimer les tisons. C'est un geste qu'elle a souvent fait, avant. Pas ces derniers temps. Elle se sert un bol de soupe. Pas de cuillère. Elle l'avale d'un trait, puis mastique longtemps les morceaux de viande et les légumes presque réduits à l'état de purée. Elle a mal aux dents, à la mâchoire. Elle se souvient d'un coup de botte à la mâchoire. Elle se sert un autre bol, puis un troisième. Ranimé, le poêle a réchauffé la soupe et elle doit maintenant souffler dessus avant d'en boire. C'est bon. C'est meilleur que ça. Après, elle est si fatiguée qu'elle en tombe presque. Elle doit se retenir au dossier du fauteuil. Il y a un lit assez étroit sur la paroi du fond, qui a l'air confortable. Mais elle veut se laver. Elle ne s'est pas lavée depuis…

94

Elle ne sait pas depuis combien de temps. Il y a toute cette saleté sur elle. En elle.

Elle enlève ses vêtements. Elle voudrait ne plus jamais les remettre, mais elle n'en a pas d'autres. Elle met l'eau chaude dans la bassine et se lave lentement, en frissonnant à cause du froid, mais aussi à cause de ses blessures sur les cuisses, sur les seins, un peu partout. Son sexe est une plaie. Elle a senti la première déchirure, mais pas les autres qui ont suivi. En se lavant, elle voit ses côtes qui font saillie. Elle a beaucoup maigri. Les trois bols de soupe lui font un petit bedon qui tend la peau. Elle le constate sans satisfaction particulière. Elle est trop fatiguée pour ça. Elle se sèche, remet du bois et se glisse dans le lit. Elle a oublié de souffler la lampe. Elle sort du lit pour l'éteindre. Elle se recouche. Elle s'endort tout de suite. Elle se réveille et il fait jour. Elle n'ouvre pas la porte pour savoir si le soleil est haut dans le ciel, elle a peur d'ouvrir la porte. Elle sort du lit, met ses vêtements à tremper dans l'eau qui lui a servi à se laver, rajoute des bûches, boit deux bols de soupe, se recouche et se rendort. Quand elle se réveille, elle tord ses vêtements, les met à sécher, remet du bois, finit la soupe et retourne au lit pour dormir encore. Elle ferait ça tout le temps. Peut-être pas tout le temps, mais longtemps, seulement il n'y a plus de soupe et elle a faim. Quand elle se réveille à nouveau, elle reste au lit et chante. Ce n'est pas une chanson, à vrai dire. Elle ne prononce pas de mots. Elle chante un air avec la gorge sans ouvrir la bouche. Il fait noir. Elle a peur. Ils vont revenir, c'est sûr. Peut-être qu'elle chante pour les faire revenir? Elle finit par se rendormir.

Elle se réveille. Il fait jour. Elle a faim. Elle va à la porte et l'ouvre et regarde dehors. Il neige. Elle regarde entre les flocons, au loin. Elle sort et fait quelques pas, pieds nus, toute nue. Elle rentre précipitamment. Il n'y a personne dehors. Elle n'y comprend rien.

Dans la petite maison, il y a des alcôves creusées dans la terre qui servent de placards. Elle trouve des vieilles bottes d'homme, beaucoup trop grandes pour elle, mais chaudes. Elle trouve aussi une couverture de laine. Elle fait un trou au milieu avec un couteau. Elle passe la tête par le trou et noue un bout de corde à sa taille. Elle ajoute du bois dans le feu. Il en reste encore beaucoup, à côté du poêle, dans une caisse, elle croyait qu'il en restait peu. En fouillant encore, elle trouve des œufs marinés dans le vinaigre, elle en gobe deux, et quelque chose qui ressemble à des bouts de bois mais qui sont en fait des lanières de viande séchée. Ce n'est pas très bon, mais c'est agréable à mâcher avec, à la fin, un vrai goût de viande. Il y a aussi de la farine, de l'huile, du sel, des pommes de terre, des carottes racornies mais douces, sucrées, des oignons, du thé, du sucre. Elle fait chauffer de l'eau et boit un thé sucré. Elle retrouve des gestes qu'elle croyait avoir oubliés. Elle bouge lentement, sans brusquerie. Elle bouge pour ne pas se faire remarquer. Elle reste longtemps immobile entre deux gorgées de thé. Elle ne pense à rien. Elle sent la chaleur du thé, son goût de fumée. Elle se remet au lit en attendant qu'ils reviennent.

Il y a beaucoup de neige dehors, mais elle a tout ce qu'il faut pour faire face à l'hiver. Elle a trouvé une grande réserve de bois creusée sous la butte, et aussi une autre grotte remplie de nourriture : patates, carottes, maïs, oignons, des boîtes de thé, du café. Un petit tonneau d'huile, des sacs de farine, de seigle, de haricots séchés. Une centaine de poissons fumés sont enfilés par les ouïes sur une tringle de bois. Elle a trouvé des tissus, des aiguilles et du fil, et elle a consacré quelques soirées à se faire des vêtements. Rien de compliqué, des tuniques qu'elle peut porter par-dessus un pantalon d'homme qu'elle a déniché dans un coffre où il y a aussi de beaux habits et même des chemises de soie.

C'est un homme qui habitait ici, avant, bien que ça ne sente pas l'homme. Elle se demande ce qui lui est arrivé, pourquoi il est parti, mais elle est heureuse qu'il ne soit plus là. Elle ne veut pas penser à lui, bien que ça lui arrive. Pourquoi un homme viendrait s'enterrer sous la butte à moins d'être fou ? C'est elle qui profite de cette folie, maintenant, et tout est si facile. Tout est là pour elle, et tout est si facile qu'elle pense parfois qu'elle est morte et que c'est le paradis, cette facilité, cette tranquillité. Elle ne se demande pas ce qu'elle a fait pour mériter cette place au paradis : elle le sait. Elle voudrait l'oublier. Elle y parvient mal. Elle n'y parvient qu'en s'absorbant dans ses petites tâches. C'était pareil et le contraire, avant. Elle devait déserter d'elle-même, s'absenter, non pas penser à autre chose, mais ne plus penser du tout ; voir du blanc en fermant les yeux, tandis que l'un d'entre eux, ou plusieurs, lui labourait les reins en lui tirant les cheveux.

Chaque soir et chaque matin, elle a nettoyé ses plaies, qui sont presque guéries maintenant. Son sexe cicatrise bien, mais elle a encore un peu de mal à marcher longtemps. Elle a trouvé près de la maison un lièvre mort, le cou enserré dans un fil de fer. Elle a pris le lièvre et laissé le fil de fer. Depuis, elle vérifie chaque jour. C'est extraordinaire comme les lièvres sont bêtes. Deux ou trois fois par semaine, elle en trouve un accroché au fil, égorgé.

Elle rapporte le lièvre à la maison et le dépose sur la table pour qu'il dégèle. Quand il est dégelé, elle l'attache par les pattes de derrière à un crochet planté dans le mur, elle prend un couteau et entaille la peau des pattes et lui retire la peau par-dessus la tête comme on enlève une chemise. Ensuite elle lui ouvre le ventre et retire les viscères. Elle a déjà vu faire ça. Tout le monde l'a déjà vu. Ça fait partie des choses qu'on a tous vues. La première fois, elle ne savait pas bien comment faire, et le lièvre avait beaucoup saigné. Mais elle avait faim, elle avait besoin de viande fraîche, et elle a continué à tailler dans la chair n'importe comment, même si tout cela lui rappelait autre chose qu'elle voulait oublier. Depuis, elle a appris. Ça s'apprend. Tout s'apprend.

Elle dort beaucoup moins bien depuis que les rêves sont revenus. Les rêves étaient partis depuis longtemps, il le fallait, et voilà qu'ils reviennent. Ce sont des rêves agités, des cauchemars, des coups, des cris. Maintenant que tout est facile, elle rêve à Magyr-le-Loup, terriblement laid, avec sa bouche qui pue et ses bottes cloutées, avec son sabre dont il n'essuie le sang que quand il se refuse à glisser dans le fourreau. À chaque fois il s'en désolait en riant, et il lui montrait la lame qui brillait en disant, trop propre, trop propre, et il la coupait un peu pour en salir le fil. Elle se réveille en criant dans le noir, et elle pleure sans voir ses larmes. Alors elle allume la lampe et fait quelque chose avec ses doigts, n'importe quoi, de la couture, éplucher des pommes de terre, ranger, pour arrêter de penser, pour ne penser qu'avec ses doigts. Elle dort mieux l'après-midi. Elle fait aussi des cauchemars l'après-midi, mais il lui suffit, en se réveillant, d'aller dehors et de voir qu'elle est seule pour se rassurer. On voit loin, le jour, en hiver, quand il ne neige pas.

Un matin, pendant qu'elle se lave, elle constate que son ventre est encore un peu rond, comme si elle avait mangé trop de soupe, ce qui n'est pas le cas. Elle sait tout de suite ce qu'il en est. Elle se concentre sur son ventre et elle sent bien que ce n'est pas pareil. Elle ne pleure pas, elle ne sourit pas non plus. Elle ne sait pas, entre les deux, quoi faire. Elle constate. Elle pense à Magyr-le-Loup, elle pense aux autres de sa bande. Elle donne des petites tapes sur son ventre, puis des tapes plus fortes, puis des coups de poing. Elle donne de grands coups de poing sur son ventre. Puis elle s'arrête. Elle ouvre le poing. Elle laisse sa main sur la rotondité de son ventre, pensive. Mais elle ne pense pas vraiment. Elle ne réfléchit pas. Elle reprend lentement la tâche de se laver. Ses mains bougent toutes seules, comme elle a appris à le faire, en commençant par le haut puis en descendant, en finissant par les pieds avant de rincer à l'eau claire, tiédie. Ensuite, pour se sécher, c'est la même chose, d'abord le visage et les cheveux, puis les bras, le torse, les fesses, les jambes, et les pieds pour finir. C'est un processus.

Ensuite rien ne change en apparence. Ça travaille dans les profondeurs, mais en surface rien n'est décidé. Il faut du temps pour que ça remonte. Est-ce que le corps a une sagesse? Elle est morte cent fois de ce corps-là, et la voici : elle épluche un oignon pour le ragoût. Elle ne cherche pas à comprendre ce que ça signifie. Elle prépare le ragoût, un couteau à la main, et elle s'aperçoit qu'elle regarde le couteau depuis un moment déjà et que le couteau lui fait horreur. Elle le lâche, le couteau tombe sur la table, sans se ficher dans le bois. Il tombe sur la table et la lame brille. Elle est incapable de finir la préparation du ragoût. Elle l'accepte. Pour le moment elle en est incapable. Plus tard, ça sera peut-être différent. Ce n'est qu'un ragoût. Ce n'est pas qu'un ragoût. Et pourtant ce n'est qu'un ragoût.

C'est impensable pour le moment, mais elle sait qu'elle aura faim.

Il ne savait pas d'où elle venait, quel genre de vie elle avait eue ni quels sévices elle avait subis. Il devait se contenter de déduire des traces sur son corps, de ses gestes, et parfois de ses larmes, ce qu'elle avait traversé, mais ce n'étaient que des déductions, une interprétation à partir de très peu de données, une approximation de la vérité, et non pas la vérité elle-même. Andreï savait qu'il ne connaîtrait jamais toute la vérité sur la jeune femme, ce qui ne l'empêcherait pas d'essayer, pas plus qu'il ne connaîtrait jamais toute la vérité sur lui-même. Il soupçonnait que la vérité, si elle existait, avait la bougeotte. Elle se modifiait sous les assauts du temps et des événements. Elle changeait de couleur avec les saisons.

Elle était pour lui une femme sans passé. Mais elle n'était pas pour autant une page blanche sur laquelle écrire l'histoire qu'il imaginait. Elle lui résistait. Elle réservait des surprises, si bien que, s'il l'avait voulu, il aurait été nécessaire de chaque fois réécrire l'histoire depuis le début. Il avait souvent eu le sentiment de pouvoir tout comprendre de quelqu'un simplement en l'observant avec assez d'intensité pendant une assez longue période de temps, mais c'était présomptueux, comment aurait-il pu? Il avait lu beaucoup de livres dont les auteurs affirmaient qu'ils le pouvaient, qu'ils avaient découvert des portes pour entrer dans l'esprit des gens, mais ce n'étaient pas des portes, tout au plus des fenêtres comme celles de la maison de sa tante avec des vitres pleines de défauts, de bulles et d'ondulations qui donnaient sur la nuit. Que pouvait-on comprendre de la nuit en observant le noir à travers ces fenêtres-là ? Que pouvait-on apprendre de la tristesse en regardant quelqu'un pleurer ? On peut apprendre le principe de l'écoulement des larmes, la stimulation du canal lacrymal, l'engorgement des sinus, mais de la tristesse ? Les larmes ne sont pas la raison des larmes.

C'était une femme sans passé. Une inconnue qui lui était arrivée blessée. Une énigme brisée. Il n'arriverait pas à tout comprendre. Ce n'était pas un échec. Elle lui échappait.

Son silence ne lui facilitait pas la tâche. On ne se confie pas au vide, et il était le vide. Les seules fois où elle émettait des sons, c'était quand elle chantonnait de la gorge sans desserrer les lèvres. Il ne connaissait pas la couleur de sa voix, ne l'avait jamais entendue prononcer un mot, pas même dans son sommeil. Il ne connaissait pas son nom. Il l'avait vue nue, il vivait avec elle depuis des mois dans un espace si restreint qu'il lui aurait suffi d'étendre la main pour caresser sa joue, mais il ignorait son nom. Elle était *elle*. Il ne l'avait pas cherchée, il n'en avait pas voulu. Elle était advenue.

Il avait toujours eu une raison pour s'approcher des gens, pour vivre un temps avec eux, près d'eux. Il cherchait quelque chose, en général il avait cherché à gagner quelque chose. Röntgen, c'était pour lui, ce n'était pas pour Röntgen, quand bien même il pensait différemment à l'époque. Raspoutine. Il attendait quelque chose de Raspoutine. Il se jugeait peut-être sévèrement.

Il ne la désirait pas, et pourtant il ne pouvait pas s'empêcher de la regarder. Maigre et sale, avec des croûtes sur ses plaies quand elle était arrivée, elle n'était pas désirable, quand bien même le désir aurait voulu jouer un rôle, et il était trop en colère contre lui-même pour la prendre en pitié. Qu'était-ce alors qui l'empêchait de la quitter des yeux? Il la regardait manger, il aimait la regarder manger, le regard flou, l'esprit ailleurs. Où était-elle tandis qu'elle mastiquait, que la salive entamait le processus de digestion, que la langue poussait vers l'arrière les particules de viande déchirées par les incisives puis réduites en bouillie par les molaires, où était-elle? Ses yeux se plissaient, sa langue, furtive, rattrapait sur la lèvre un morceau échappé, chair rose et extraordinairement agile qui s'empressait de retourner dans sa caverne humide et chaude. Ce n'était pas du désir mais autre chose qui pouvait ressembler à de la curiosité. Ce n'était pas ça non plus.

Les jours et les nuits s'étaient répétés, identiques dans leur déroulement et, en fin de compte, extraordinaires par leur banalité même. Avant que la grossesse ne devienne évidente, Andreï s'était étonné de la passivité de la jeune femme. Elle lui offrait peu en pâture. Elle dormait et mangeait beaucoup. Puisqu'il n'avait pas accès à ses rêves, il la regardait manger, cherchant à définir une grammaire de la mastication, un vocabulaire de la déglutition. C'était un jeu ouvert à toutes les interprétations, facilité par la gamme réduite des denrées au menu. Il la regardait dormir, aussi, bien sûr, puisqu'il n'avait sommeil que bien après qu'elle s'était mise au lit, et se réveillait longtemps avant qu'elle ne s'arrache à la chaleur des couvertures. Il s'agissait moins pour Andreï de percer le mystère de ses origines (d'où venait-elle, qu'était-elle, comment s'appelait-elle?) que de tenter de définir les infimes variations de son humeur présente : que ressentait-elle *maintenant*? Ce qui était au début une manière de passer le temps devint une préoccupation de tous les instants. La difficulté de la chose résidait dans les signaux contradictoires que la jeune femme envoyait bien malgré elle. Son appétit n'était pas le gage de la sérénité, et elle pouvait gober vivement un œuf alors même que de ses yeux émanait la tristesse, pas tout à fait des larmes, mais un voile d'eau qui brouillait l'acuité du regard, tandis que la bouche s'activait de son côté, comme si elle obéissait aux impératifs d'un autre esprit. Les doigts agiles ne restaient pas en place, pianotaient sur le bois de la table, jouaient avec des objets ou avec eux-mêmes comme une portée de chatons en cours de sevrage, mais le reste du corps savait rester parfaitement immobile.

Elle était une présence dérangeante à bien des égards, même si elle en faisait peu, rangeait tout exactement à sa place et restait silencieuse. Ce qui chicotait Andreï et parvenait même à l'inquiéter était un potentiel, une réserve d'énergie non exploitée qu'il sentait frémir et bouillonner sous la peau lisse. Elle était le couvercle de sa propre marmite ; il ne parvenait pas à déterminer ce qui mijotait là-dessous.

Andreï accusait sa fatigue pour justifier cette cohabitation dont il n'avait pas voulu et qui avait pris le contrôle de son existence : il lui manquait l'énergie nécessaire pour recommencer ailleurs ce qu'il avait accompli ici. Il n'était plus jeune, tant s'en faut, et malgré une excellente santé, il ne réussissait plus à prendre au sérieux les projets à long terme qui lui venaient à l'esprit. Le temps commençait à lui être compté, la jeunesse de la femme le lui rappelait constamment : le grain fin de sa peau tendue sur les muscles déliés, le blanc si blanc de ses yeux, son incroyable capacité de cicatrisation, ses cheveux mordorés qui poussaient comme un chaume. Femme sans passé, elle avait un avenir auquel il n'aurait pas accès. Il se contentait d'elle au présent, puisqu'elle ouvrait en lui les portes de la mémoire et, avec elles, celles d'une nostalgie de l'espoir qu'il ressentait lorsqu'il avait son âge.

Pour échapper à ces pensées de vieil homme, il veillait à ce qu'elle ne manquât de rien. Pendant qu'elle dormait, il emplissait la bouilloire, rentrait du bois, posait des collets, réparait ce qui devait l'être, vidait le pot d'aisances. Un haussement de sourcils de la jeune femme l'avertissait qu'il avait franchi la frontière : trop de bûches près du poêle, trop d'eau dans la bouilloire. Il ne voulait pas l'effrayer en lui donnant raison de croire que la maison était hantée. Il lui fallait se retenir alors de lui faciliter la vie ; il la regardait, impuissant spectateur, faire mal ce qu'il savait faire bien et peiner là où il avait de l'aisance. C'était le prix à payer pour qu'elle s'imaginât livrée à elle-même et maîtresse de sa vie.

Il avait pendant plusieurs semaines souhaité qu'elle s'en aille. Une fois la santé recouvrée, il avait pensé qu'elle se serait empressée de rentrer chez elle pour retrouver les siens. Mais elle s'attardait, et Andreï en avait éprouvé une impatience qui tenait plus à l'inconfort de ses sentiments qu'à celui de la cohabitation. Il voulait qu'elle parte ; il redoutait son départ. Les premiers signes de sa grossesse avaient tout changé. Il avait alors compris qu'elle avait fait chez lui son nid et qu'elle ne le quitterait pas avant d'avoir mis au monde son enfant.

Le temps se rafraîchit. La neige tomba en abondance, modifiant le paysage en l'adoucissant, enterrant la maison sous ses couches successives. L'hiver devint un cocon au sein duquel se tramaient de lentes métamorphoses.

LA DÉROUTE

Le nourrisson dormait, entortillé dans un paquet de linges, sa grosse joue écrasée contre le dos de sa mère. Andreï s'étonnait de ce sommeil que rien d'extérieur à lui ne pouvait perturber, mais que les gaz ou la faim interrompaient par des hurlements. La mère marchait d'un pas régulier malgré sa fatigue, et elle avait depuis quelque temps cessé de trembler. Ils tournaient le dos à Kirilian dont Andreï percevait encore l'odeur de brûlé.

Leurs pieds soulevaient la poussière de la route et Andreï espérait que nul guetteur au loin n'en serait alarmé. Il attendait l'obscurité avec impatience. Il aurait aimé dire à la femme qu'il lui fallait marcher de nuit et se reposer le jour, bien cachée, à l'abri des regards, mais il se contentait de la suivre sans savoir quelle était sa destination, ni même s'il y avait une destination. Ils se dirigeaient vers le sud, bien qu'il n'y eût rien par là avant longtemps. Peut-être y avait-il quelque chose dont elle seule connaissait l'existence?

En fin d'après-midi, elle s'arrêta pour nourrir l'enfant et ne réussit pas à se remettre debout pour reprendre la route. Elle paraissait épuisée, mais elle chanta pour l'enfant qui tétait son sein et il s'endormit bientôt, repu, sur le sein découvert qui faisait une tache blanche.

Elle le serrait contre sa poitrine, les yeux hagards. Ce n'était pas le moment de dormir, mais elle s'endormit néanmoins, le ventre vide et les lèvres sèches. Ils n'avaient pas bu depuis le midi. Andreï avait une gourde pleine, mais il ne voulait pas boire alors qu'elle avait soif. Il y avait certainement beaucoup d'eau dans cette forêt, simplement, elle n'y avait pas pensé. Ou alors elle y avait pensé, mais n'avait pas eu la force ou le courage de quitter la route pour chercher une source, un ruisseau. Sans doute ne se rendait-elle pas compte qu'elle avait soif. Trop peur pour avoir soif.

Andreï veillait sur le sommeil de la femme et de l'enfant tandis que la nuit tombait. Il regardait la route devant et derrière, à l'affût du moindre son qui ne paraissait pas naturel, mais le craquement des arbres le faisait quand même sursauter. Il avait un couteau à la ceinture, un peu de viande séchée au fond de la poche et sa gourde. La femme n'avait rien. Elle n'avait rien emporté. Pour le petit, il n'y avait pas de problèmes. Elle était la nourriture du petit. Andreï songea à tout ce qu'il aurait fallu emporter pour entreprendre un tel voyage et qui avait été laissé dans la petite maison sous la butte. Il commença à dresser une liste mentale, puis haussa les épaules. Ça ne servait à rien d'y penser. Il veillait sur le sommeil de la femme et de son bébé, il entendait les feuilles sèches craquer sous son corps, il sentait la piqûre des aiguilles de résineux sur sa joue. Son esprit s'agitait, inconfortable. Son esprit errait en cherchant l'origine des sons. Il attendait.

Le lendemain, le ciel était couvert et la femme reprit la route en portant le bébé sur la hanche. Ils croisèrent en fin de matinée une colonne de l'armée en déroute, une centaine de soldats à pied, dont seulement quelques-uns portaient des armes. Toutes leurs cartouchières étaient vides. Plusieurs se servaient de leur fusil comme d'une béquille.

En les voyant apparaître, la femme avait hésité à s'enfuir dans les bois. La vue des uniformes paraissait la rassurer, même s'ils étaient sales et déchirés et couleur de boue. Ils étaient trop grands sur les corps amaigris des soldats qui avançaient lentement, sans ordre, comme ça, comme si c'était des enfants qui revenaient de la guerre. Ceux qui avaient des chaussures les traînaient dans la poussière. Les autres avaient enveloppé leurs pieds dans des tissus sanglants. La femme s'arrêta sur le côté et les regarda passer, craintive tout de même, prête à s'échapper dans les bois. Elle étreignait son bébé et lui embrassait les cheveux. Les soldats défilèrent devant elle en regardant le sol, battus, abattus, avec peut-être une sorte de honte dans le regard.

En queue de colonne, des blessés allongés dans un chariot tendaient la main.

À manger?

La femme secouait la tête.

Non. Rien.

Elle regarda la colonne s'éloigner dans la direction de Kirilian. Peut-être aurait-elle dû leur dire qu'il n'y avait plus rien à Kirilian, qu'il n'y avait plus de Kirilian, mais personne n'avait demandé, alors elle n'avait rien dit.

Après la première contraction, elle s'était relevée en soutenant son ventre à deux mains et s'était traînée jusqu'à la maison. Avec des gestes précipités, nerveux, elle avait allumé une lampe. Ses mains tremblaient d'impatience et de douleur. Elle mit de l'eau sur le feu et fit bouillir des linges entre des contractions qui la foudroyaient. Son visage se tordait, et alors elle ressemblait à une version générique de l'humanité, un visage sans autre particularité que la douleur.

Le travail avait duré toute la nuit. La jeune femme avait été silencieuse pendant des mois, mais maintenant elle ne parvenait plus à retenir ses cris. Andreï écoutait le son de sa voix, y trouvait d'étranges intonations, un souffle plus rauque, plus guttural que ce à quoi il s'était attendu. Animal. Toute cette souffrance qui précédait la naissance ne pouvait rien augurer de bon pour la suite des choses. C'est vrai pour chacun de nous, se dit-il.

Quand l'enfant s'était présenté, elle s'était penchée et avait tiré sur sa tête. Il sortit d'elle avec un bruit de succion. L'instant d'avant, il n'existait pas. Maintenant il était là, visible. Andreï sentait l'odeur du sang qui pour une fois n'était pas celle de la mort. Elle emmaillota l'enfant dans les linges qu'elle avait fait bouillir, puis elle le serra sur sa poitrine et s'autorisa un moment de repos.

La sueur collait ses cheveux sur son front. Elle affichait un étrange sourire épuisé. Elle parlait à l'enfant, et sa voix n'était plus celle des cris de douleur. C'était une caresse sonore, des ondes bienveillantes, des mots doux et sans suite qu'Andreï reçut comme une délivrance. La qualité de l'air en semblait changée, les murs s'étaient rapprochés, la petite maison sous la butte était devenue un ventre tiède et mou et Andreï y respirait quelque chose de sacré et d'intime. Elle se pencha sur l'enfant et embrassa son front.

Mon chéri, dit-elle.

Oui, dit Andreï.

Tu es si beau, tu es si petit.

Oui.

Tu verras, tout ira bien.

Oui.

Tout ira bien. Je suis là.

Oui, dit Andreï. Moi aussi. Je suis là.

Ensuite elle avait lavé l'enfant avec des gestes si doux qu'il lui avait fallu s'y reprendre à deux fois pour enlever le sang et les sécrétions qui collaient à la peau presque transparente, marbrée de violet et de rouge.

Ensuite, jusqu'au printemps, elle n'avait presque pas mis le nez dehors. Avait-elle conscience des choses qui se faisaient sans elle ? Andreï s'activait, dans un état de félicité qu'il n'avait jamais pensé connaître.

Il était sorti relever les collets lorsqu'elle avait décidé de sortir de la maison avec l'enfant emmailloté. La dernière fois, elle avait placé les siens n'importe comment, n'importe où, sans aucune chance de rien prendre, alors il se dépêchait d'y mettre des lièvres à lui afin qu'elle les trouve. C'étaient des lièvres de printemps, pas bien gras, mais qu'importe. C'était de la viande pour se faire des forces, de la viande pour grandir.

Par chance elle n'avançait pas vite, avec son précieux fardeau dans les bras, et pour se pencher et saisir les lièvres par les oreilles, c'était toute une affaire, et pour se redresser c'était pire encore. Ça la faisait rire.

Andreï devait sans cesse se retourner pour voir où elle en était, si elle continuait tout droit ou si elle avait décidé de changer de direction ; il ne voulait pas la perdre de vue, il se réjouissait du spectacle de la femme et de l'enfant sous le soleil ; il était comme un chien traçant de grands cercles autour de sa maîtresse, revenant sans cesse vers elle pour s'assurer de sa présence et de ses intentions : un chien ! Mais c'était bon d'être dehors avec cette lumière qui éclaboussait les fleurs sauvages et enflammait la cime des arbres, après tous ces mois d'hiver, coincé à peu près dans la petite maison creusée sous la butte ! Le ciel immense donnait l'impression qu'on pouvait s'envoler simplement en pressant le pas.

Son attention fut attirée par un bourdonnement si fort qu'il dépassait en volume le chant des oiseaux et celui de l'eau sur les pierres. Il contourna un rocher et vit l'essaim de mouches. Il s'approcha en agitant les mains pour chasser les insectes qui ne se souciaient pas de lui. C'était une main, proprement tranchée au poignet, bleu et verte de pourriture, sentant mauvais. Une main d'homme aux ongles sales, noircie, grouillante d'asticots. Les mouches refusaient de partir. Andreï examina les environs. D'autres membres humains étaient dispersés çà et là, bien découpés, décongelés par le printemps, grignotés par les fourmis et les charognards : un pied et sa jambe. Peut-être un bout de torse. Il y avait aussi quelques petits os trop bien nettoyés pour qu'Andreï parvienne à les identifier.

Il releva la tête, soudain sur le qui-vive. Cela avait pu se produire n'importe quand pendant l'hiver, mais le danger lui semblait imminent. Il scruta la lisière des bois, cherchant un mouvement, un reflet, n'importe quoi qui sortît de l'ordinaire, mais il ne vit rien.

Il se redressa et regarda la femme qui approchait. Il ne pouvait rien faire pour modifier sa trajectoire. Quoi qu'on fasse pour l'oublier, le monde se chargeait de se rappeler à nous.

En retenant son souffle, il se pencha et, prudemment, il saisit la main bleue et verte entre le pouce et l'index. Il avait envie de vomir. Les mouches semblaient perplexes; elles tournaient en rond, privées de casse-croûte. Andreï n'avait pas le temps de récolter chacun des morceaux avant que la femme ne les découvre. Il sentit la sueur couvrir son front. Il fit deux pas vers le ruisseau, revint sur ses traces, incertain de ce qu'il convenait de faire.

Quand il l'avait regardée à nouveau, la femme hurlait en serrant contre elle son enfant. Puis, tournant le dos à la petite maison invisible sous la butte, elle s'était mise à courir vers Kirilian.

Andreï avait jeté la main dans les hautes herbes et s'était essuyé les doigts sur son pantalon. Il avait pris une grande inspiration, puis s'était lancé à sa poursuite.

Ils marchaient depuis.

Il pleuvait. Des trombes d'eau, sans répit. Les gouttes, énormes, serrées les unes contre les autres, tombaient avec une force terrible dans les flaques, projetant d'autres gouttes plus petites, si bien qu'il pleuvait d'en haut et d'en bas et qu'il était impossible de rester au sec.

Le sol gorgé d'eau rendait la marche difficile. Depuis les soldats, ils n'avaient vu personne, ni morts ni vivants. La pluie était chaude, mais la jeune femme frissonnait parfois. Elle protégeait l'enfant de son mieux et s'arrêtait souvent pour tordre le châle dont elle l'avait couvert. À moins d'y regarder de très près, il était impossible de voir qu'elle pleurait.

À tout le moins la pluie chassait les odeurs, le souvenir des odeurs. Avant qu'on en connaisse la provenance, l'odeur de chair brûlée avait quelque chose d'appétissant; une fois qu'on en avait découvert la source, il ne vous restait qu'une envie persistante de vomir.

Kirilian incendiée. Les pillards alliés aux forces blanches avaient pris soin de jeter par les fenêtres de la bibliothèque des centaines de livres dont ils s'étaient servis pour allumer un bûcher en pleine rue. Les corps fumaient encore quand Andreï et la jeune femme les avaient découverts, recroquevillés, noircis, diminués dans la mort comme s'ils avaient retrouvé leur taille d'enfant. Pour économiser les balles, on les avait aspergés d'huile avant de les balancer dans le feu. Plusieurs avaient réussi à s'en échapper, en flammes, et avaient tenté de s'enfuir ou de se cacher, mais ils n'avaient réussi qu'à allumer d'autres foyers. Ceux qui avaient encore des visages montraient par leur grimace l'étendue de leurs souffrances.

Les pillards étaient partis. S'il y avait des survivants, ils se terraient quelque part. La jeune femme n'osait pas appeler. Elle allait vers la gauche puis vers la droite, affolée, sans logique, comme si elle tentait de trouver une porte de sortie dans des murs invisibles, serrant son bébé contre elle, lui cachant les yeux qu'il gardait pourtant fermés. Puisqu'il y avait moins de cadavres vers le sud, elle suivit ce chemin en courant, sans se retourner, le diable à ses trousses. C'était voilà deux jours. Elle marchait depuis.

La jeune femme se réfugia sous un arbre en attendant que la pluie cesse. En se pliant en deux, elle fit un abri de son corps et offrit son sein à l'enfant qui le refusa d'abord, incommodé, puis l'accepta et téta interminablement. Debout, appuyé contre le tronc, Andreï retira sa veste et, en la tenant à bout de bras au-dessus de la femme et de l'enfant, il en fit un médiocre parapluie. L'eau s'accumulait dans ses orbites et il secouait la tête pour y voir un peu, mais il n'y avait rien à voir, qu'un paysage brouillé qui semblait se refermer sur eux.

Ils perçurent plus qu'ils n'entendirent un sourd grondement, une vibration du sol, et soudain ils virent quatre blindés percer le rideau de pluie et déboucher sur la route dans un vacarme infernal, puis disparaître à nouveau très vite, avalés par l'orage, dans la direction de Kirilian. Ce ne sont pas des pillards, cette fois-ci, se dit Andreï. La jeune femme n'avait encore jamais vu de blindés. C'étaient d'énormes insectes meurtriers, des scarabées géants, la nature devenue folle.

La pluie diminua enfin et ils se remirent en marche. Au carrefour suivant, une famille sans homme poussait tout son ménage dans une charrette à bras. Tout au long de la journée, d'autres réfugiés encore surgirent des champs abandonnés et des ruines fumantes, des femmes, des enfants, des vieillards et des éclopés, et ils avancèrent dès lors sur la route en troupeau humain, au coude à coude. Quand la pluie cessa tout à fait et qu'un soleil timide commença à sécher leurs vêtements, les moustiques débarquèrent par millions, attirés par le sang chaud, et il fallut alors les combattre jour et nuit.

Au début il n'y eut que le bruit des claques pour rompre le silence. Les réfugiés avançaient en se jetant des regards obliques, méfiants. Mais bientôt quelques-uns se mirent à parler. C'est ainsi qu'Andreï apprit qu'on avait tué le tsar. Exécuté, quelque part. Lui et toute sa famille. Les autres le disaient sans émotion, comme ça, comme si c'était une histoire qui ne les concernait pas. Ils racontaient l'armée blanche, l'armée rouge et l'armée verte qui réquisitionnaient les provisions pour nourrir leurs troupes. Ils parlaient de ceux qui n'étaient plus là. Ils comptaient leurs morts comme les avares comptent leurs sous, en faisant des petits tas bien propres, des rangées alignées de morts empilés les uns sur les autres. Quatre ans de guerre contre les Allemands, quatre années de disette avec les hommes absents et les récoltes qui sèchent sur pied, et puis celle-ci, cette guerre-là, contre qui? Contre nous-mêmes.

Ils ne se lamentaient pas. Ils avaient fini de se lamenter depuis longtemps. Une grand-mère qui avançait à petits pas se laissa rejoindre, elle regarda le bébé, grimaça un sourire de sa bouche édentée et demanda :

Une fille?

Un garçon.

Comment tu l'appelles?

Je ne l'appelle pas. Il est là.

La jeune femme se méfiait. La grand-mère partagea avec elle un bout de pain noir et le quart d'un oignon. La jeune femme remercia de la tête et mastiqua longuement pour tromper sa faim, et le jus d'oignon coula sur son menton et ses yeux devinrent si rouges qu'on aurait pu croire qu'elle pleurait.

Ils étaient une trentaine maintenant à avancer sur la route, et ce nombre même les rassurait. Les langues se déliaient, certains trouvaient la force de plaisanter. Tous se dispersèrent dans les champs et les bosquets lorsqu'un coup de feu se fit entendre, un seul, puis le silence.

À trois cents pas, une douzaine d'hommes à cheval et portant des fusils sortirent lentement des bois, s'arrêtèrent pour regarder, puis firent demi-tour après avoir jeté sur eux des regards emplis de dédain. Pas la peine de gaspiller des munitions.

La colonne de réfugiés se recomposa, mais il n'y eut plus de plaisanteries jusqu'à la tombée de la nuit. Ils quittèrent la route pour aller dormir à l'écart, en petits groupes, sans allumer de feux, et ceux qui avaient des provisions mangeaient sans faire de bruit, en se cachant des autres.

Andreï marchait sans penser et sans perdre la jeune femme de vue. Il marchait un pas derrière elle, légèrement à sa gauche. Il voyait son menton trembler. Il voyait sa main droite soutenir le bébé qu'elle portait maintenant contre sa hanche. Il voyait sa peur.

Il ne savait pas ce qu'il faisait là, à marcher sur cette route parmi ces gens qui fuyaient. Il n'aurait pas dû y être, il n'avait rien à faire parmi eux, et pourtant il y était, jour après jour. Un matin, il avait déposé dans l'herbe sa gourde et un peu de viande séchée pour que la jeune femme les y découvre en s'éveillant. Elle avait bu, puis longuement mastiqué la viande pour la ramollir et l'avaler sans plaisir. Andreï marchait, son ventre vide gargouillait d'une façon déplaisante, puis même son ventre cessa de se plaindre au bout de trois jours. Il cueillit des champignons qu'il mangea crus, avec la terre qui les couvrait et qui fit grincer ses dents. La petite maison creusée sous la butte, son abri invisible n'avait pas plus de réalité que cette longue marche vers le sud, en compagnie des femmes, des vieux et des enfants. Le passé n'existait pas, l'avenir non plus, seulement cette route de terre qui serpentait à travers les dangers invisibles, l'éternité du présent.

Il savait pouvoir marcher jusqu'au bout du monde, il l'avait déjà fait. Il essayait de penser comme avant, mais n'y parvenait pas. Il se voyait voler au-dessus de la route, comme s'il pouvait prendre appui sur l'air. Il secouait la tête pour chasser cette vision et revenir sur terre.

Les réfugiés arrivèrent en vue d'un village et, sans se consulter, s'arrêtèrent un moment pour examiner les lieux, à l'affût d'une menace. Le village semblait intact mais désert, comme si ses habitants venaient tout juste de le quitter.

Les réfugiés se remirent en marche, ils voyaient les portes des petites maisons de bois obstinément closes, les rideaux tirés. Ils sentaient la peur. Les potagers étaient bien entretenus, et on avait désherbé et arrosé voilà peu de temps. Les réfugiés s'arrêtèrent au puits pour se désaltérer. La jeune femme remplit la gourde.

Andreï voyait frémir les rideaux, il imaginait les paysans, effrayés par les réfugiés, non pas effrayés de ce que les réfugiés pouvaient leur faire, mais effrayés par la vision de ce qu'ils représentaient : la fragilité de leur existence. Il était plus facile de fermer les yeux que de contempler le sort qui les attendait si une bande armée ou l'autre passait par là.

Les réfugiés regardaient les fenêtres et les portes fermées comme si c'étaient des insultes.

Est-ce que nous avons la peste? demanda un vieil homme.

Les réfugiés cognèrent aux portes sans qu'on leur ouvrît, ils demandaient du pain sans qu'on leur répondît. Une femme montra le poing. Un enfant jeta une pierre. Une vitre éclata.

Les réfugiés s'enhardissaient dans la colère. Leur faim était légitime. Leur faim. Leur douleur était légitime. Ils n'avaient plus rien. On leur devait quelque chose.

Sans se concerter, dans un même mouvement qui paraissait spontané, ils se jetèrent sur les potagers et arrachèrent du sol les carottes qui n'étaient pas plus grosses qu'un ongle et se les enfournèrent dans la bouche sans prendre la peine de les nettoyer, et ils déchiquetèrent avec leurs dents jaunies les salades amères qui allaient plus tard leur donner des crampes.

Des portes alors s'ouvrirent et les villageois lâchèrent les chiens sur eux. Une douzaine de chiens qui s'approchèrent en grondant et en montrant les dents. Ils sautèrent à la gorge des vieux et des enfants qui se roulaient par terre sur les semis pour échapper aux morsures en se protégeant de leurs bras. Les chiens piétinaient les potagers qu'ils étaient censés défendre, et les réfugiés arrosaient de leur sang les jeunes pousses de betteraves et les plants de pommes de terre – et quand tout fut bien saccagé, quand les réfugiés eurent pris la fuite et que les chiens furent rentrés en réponse aux appels de leurs maîtres, il ne restait plus rien derrière que la honte à remâcher.

Parce qu'elle portait le bébé, la jeune femme s'était tenue à l'écart. Elle s'était éloignée en tremblant dès que les chiens avaient été lâchés. Lorsque les autres la rejoignirent, sales, blessés, ils l'évitèrent comme un remords. Ils marchèrent pendant une dizaine de minutes. Le silence devint plus pesant. Elle s'arrêta pour nourrir l'enfant. Les réfugiés continuèrent sans ralentir le pas et sans tourner la tête vers elle.

La jeune femme s'était installée à l'ombre d'un bouleau et prit tout son temps pour allaiter son enfant même si elle n'avait plus beaucoup de lait. Elle berça le bébé pour l'endormir. Les réfugiés étaient loin devant lorsqu'elle reprit la route.

Ils arrivèrent dans les environs de Moscou une semaine plus tard. Le flot de réfugiés qui descendait vers le sud se heurtait maintenant aux vagues de réfugiés qui montaient vers le nord. La route était encombrée de meubles abandonnés, de chariots brisés, de vêtements usés jusqu'à la trame et qui ne tenaient plus sur les corps amaigris.

Les gens dormaient où ils le pouvaient, et certains parfois ne se relevaient pas. On se battait pour une pomme ridée. Si on parvenait à les attraper, on tuait les chiens et les chats pour les manger, mais la plupart étaient redevenus sauvages et ne se montraient que la nuit, pour tourner autour des cadavres.

Andreï n'avait plus de scrupules. La nuit, il parcourait les campements de fortune en cherchant du regard ceux qui semblaient mieux nourris que les autres. À la lueur de feux de camp qui s'étendaient à perte de vue, il enjambait des corps endormis pour dérober un bout de saucisse ou quelques feuilles de chou fripées qu'il rapportait à la jeune femme. Elle s'éveillait avec ces offrandes déposées devant elle et les acceptait sans poser de question, trop hébétée pour s'en surprendre, car elle était affaiblie par la faim et la fatigue et la folie du monde.

La rumeur courait que les forces blanches étaient sur le point d'attaquer les Rouges qui tenaient encore

Moscou. Pour nourrir ses deux cent mille hommes, le général Denikine les lâchait dans la campagne, bataillon par bataillon, avec pour mission de revenir repus et prêts au combat. Cela signifiait aussi violer les femmes pour s'amuser et tuer les juifs en guise de solde. On ne savait pas exactement à quoi s'attendre, sinon à plus de difficultés.

Parmi les réfugiés, des bandes s'organisaient, les plus forts exerçant sur les plus faibles leurs fonctions de prédateurs. Une nuit, un homme se glissa près de la jeune femme et lui souleva les jupes pendant qu'elle dormait, révélant sous la lune le triangle d'or de son pubis et la blancheur laiteuse de ses cuisses. L'homme tenait d'une main un couteau et tentait de l'autre de détacher son pantalon. C'est ainsi que le surprit Andreï, de retour de ses rapines. L'homme ne sut jamais ce qu'était cette force qui le secoua. Lorsqu'il reprit conscience, du sang s'écoulait de ses narines et de ses oreilles, et surtout du bout de son pénis, proprement tranché par le couteau qu'il tenait toujours à la main.

Ni la jeune femme ni l'enfant ne s'étaient réveillés, mais Andreï hésita dès lors à les laisser seuls, ne fût-ce qu'un moment, et en conséquence ils souffrirent un peu plus de la faim. La jeune femme mastiquait des poignées d'herbes mais bientôt il fallut chercher longtemps pour en trouver, et ça ne valait pas la peine puisque l'herbe ne nourrissait guère et donnait des crampes et de la diarrhée.

Cet endroit était un piège. Les routes étaient réservées aux véhicules militaires et aux chargements de charbon, qui tentaient de gagner Moscou sous lourde escorte. Personne ne s'occupait des réfugiés, mais parfois des tirs de mortiers tombaient dans la cuvette où ils avaient leur campement de fortune. Mauvais calculs des artilleurs, ou alors c'était pour s'amuser à déclencher des mouvements de panique. Vus de loin, ils avaient l'allure d'insectes qu'on écrase de la semelle sans réfléchir.

C'est pendant l'un de ces épisodes que la jeune femme, affolée, quitta la route et se rua vers la sécurité relative de la forêt où elle se cacha dans les fougères, le cœur battant, redoutant que son bébé pleure de faim. Il était bien fini le temps où les uniformes formaient une vision rassurante, les signes concrets d'un ordre des choses sur lequel on pouvait compter. Trois obus étaient tombés près d'elle. Sa robe était mouchetée de sang. Elle déposa le bébé dans l'herbe, le démaillota et examina son corps à la recherche d'une blessure, mais il était indemne. Ensuite seulement elle s'occupa d'elle. Le sang était celui d'un autre qui n'avait pas eu leur chance.

Dans les bois, ils étaient quelques dizaines, hagards et maigres, qui voulaient continuer à marcher, et elle se joignit à eux, mais ils ne marchaient pas ensemble et ils ne formaient pas un groupe, et chacun d'entre eux n'aurait pas hésité à sacrifier les autres pour sauver sa propre vie, et en cela ils étaient tous semblables.

Pris par surprise lors du reflux soudain des réfugiés qui fuyaient la clairière, Andreï avait trébuché et il avait dû se résoudre à se rouler en boule et à protéger sa tête avec ses bras pendant qu'on le piétinait. Ça ressemblait à un cauchemar. Tout ce qu'il avait fui depuis presque quarante ans, c'était là, il y allait, il s'y enfonçait. Depuis le début, il le savait. Il avait deviné ce qui allait se produire. En ouvrant sa porte à la jeune femme, il l'avait pressenti, et il s'y était soumis.

Les réfugiés se dispersaient. Il se releva enfin, fourbu, douloureux. Ses vêtements crasseux avaient pris la couleur de la terre, et à travers les déchirures, il voyait sa peau éraflée, déchiquetée, le rouge des plaies par dizaines. Où était-elle? Il tourna sur lui-même en la cherchant du regard. Il l'avait perdue. Il redoutait sa propre folie. Il s'accrochait à cette image de la jeune femme et de son enfant, ce bébé qu'il avait vu naître dans un printemps de cadavres et grandir un peu tandis que le monde connu s'écroulait alentour.

Longtemps, il avait préféré être seul. Il avait aimé plus que de raison l'écoulement tranquille du temps et les gestes de sa survie sans cesse répétés, mais il n'avait pas su comprendre que c'était sa propre tombe qu'il creusait un peu plus chaque jour, dans la maison sous la butte, enterré vivant. Puis elle était arrivée. Il avait projeté son esprit dans celui de la jeune femme, et voilà qu'elle le lui avait dérobé et sans elle il était perdu.

Il tournait en rond dans la clairière en évitant les soldats, cherchant comme un chien une piste à suivre, affolé par les odeurs contradictoires. Il sentit quelque chose de chaud sur son visage. Il y porta la main. C'étaient des larmes. Il tenta de réfléchir. Depuis Kirilian, elle se dirigeait vers le sud, il lui semblait vraisemblable qu'elle continuât dans cette direction, en contournant l'obstacle qu'étaient Moscou et les forces qui allaient s'affronter. À son tour il s'enfonça dans les bois en pressant le pas.

Il voulait être là où ils étaient, la jeune femme et l'enfant. Elle n'était pas Raspoutine, elle ne soupçonnait pas sa présence, elle ne tournait jamais les yeux vers lui, elle ne s'immobilisait pas soudain, attentive, comme si elle avait entendu sa voix. Pour la jeune femme, Andreï n'existait pas, n'avait jamais existé, n'existerait jamais.

Elle croyait être seule. Elle l'était, d'une certaine façon, du moins jusqu'à la naissance de son fils, et elle ne l'était pas, néanmoins. Andreï était là. Il veillait sur elle comme un ange gardien dénué de pouvoir et sans ailes, incapable de voler. Il se demandait : faut-il avoir conscience de la présence de l'autre pour ne pas être seul ? Il n'y aurait jamais de réponse satisfaisante à cette question, mais la formuler était comme une prière ne s'adressant à aucun dieu, lancée sans beaucoup d'espoir dans l'espace aux murs aveugles de son univers personnel. Il avançait dans un monde qui n'était pas pour lui, un monde qui ne le reconnaissait pas. Mais Andreï ne se reconnaissait pas lui-même.

Les années s'étaient chargées d'effacer les réminiscences. Il ne conservait qu'un souvenir fabriqué des jeux, des discussions, des échanges, des caresses et des innombrables heures de sa jeunesse passées à se demander ce que les autres pensaient de lui. Son propre passé visible, il avait tenté de le reconstruire après coup pour pouvoir y piger les images dont il avait besoin pour survivre, mais il restait toujours ce doute qu'elles fussent fausses. La naissance de l'enfant en avait déterré d'autres qui lui semblaient plus véridiques, plus crues, plus cruelles aussi. Ce n'étaient pas à proprement parler des souvenirs, mais des évocations dont la puissance creusait en lui des galeries et des gouffres, si bien qu'après des années de durcissement, il s'était senti devenir poreux, léger et fragile. Des fragments d'une mémoire enfouie remontaient à la surface. Caresses et baisers sur un front d'enfant, mots doux chuchotés à l'oreille. Une petite main agrippée à un gros doigt. Il ne savait pas pourquoi ces images étaient si douloureuses et si belles à la fois. Après la naissance, il avait observé la femme et l'enfant de si près qu'il pouvait sentir leur souffle sur son visage, avec cette odeur de lait qui était une sève.

Quand ils dormaient, enlacés, l'enfant blotti entre les seins de sa mère, il se mettait à genoux près du lit et posait sa tête sur l'oreiller, frôlant celle de la jeune femme. Il levait la main comme pour caresser la tête de l'enfant mais sans le toucher, et il restait là, jusqu'à ressentir dans son bras une douleur insoutenable qui n'était pas seulement musculaire.

Il fit très chaud dans les jours qui suivirent, le soleil avait envahi le ciel pour y régner sans partage, et Andreï accueillait sa brûlure sans s'arrêter. Il avançait obstinément, taillant sa route dans le paysage qui ondulait jusqu'à la ligne d'horizon. Ses jambes le faisaient souffrir. Ses pieds dans les bottes étaient ensanglantés et il avait parfois l'impression que c'étaient ses os qui frottaient contre le cuir.

Il mâchait des feuilles pour tromper sa faim et suçait des cailloux pour soulager sa soif. Quand il traversait un village, il se désaltérait longuement et volait ce qu'il pouvait de nourriture, sans aucune arrière-pensée. Il prit un bout de pain dur comme la pierre à un cadavre qui commençait à sentir et il le mangea parce qu'il le fallait, pour prendre des forces et continuer. Il alla vers l'est puis vers le sud. Des villages entiers se vidaient et suivaient ce chemin. Des colonnes de déplacés avançaient en suivant une ligne de moindre résistance, laissant derrière eux ce peu de chose qui était leur vie. Andreï les scrutait à la recherche du visage connu. Il n'avait qu'un seul but. Il n'était plus lui-même, ou alors il l'était totalement.

Le pont qui enjambait l'affluent de la Volga avait été détruit. Les réfugiés se massaient sur la rive escarpée dans une bousculade qui en envoya quelques-uns à la noyade. Des combats plus loin au nord avaient envoyé dériver au fil de l'eau des cadavres gonflés dont l'un avait une corneille posée sur le ventre qui lui arrachait les yeux pour s'en repaître goulûment. Andreï s'assit sur une pierre, un peu à l'écart, et secouait la tête en riant. Il ne savait pas nager. Il n'avait jamais appris. Il avait peur de l'eau depuis le banc de poissons dans la Neva. Il riait parce qu'il savait que cela n'allait pas l'arrêter. Cela n'allait pas l'arrêter, et s'il devait se noyer dans ces eaux grasses qui charriaient les déchets humains d'une guerre fratricide, tant pis, il irait quand même.

Il riait en secouant la tête, c'était un rire qui venait de très loin dans le temps, un rire d'avant la fin du monde, un rire devant l'atroce ironie de tout ça. Combien de fois devait-on repasser par les mêmes épreuves et pourquoi? Y avait-il seulement quelque chose à comprendre? Il avait parcouru plus de cinquante ans d'une vie sans amour pour contempler en riant la perspective d'une noyade solitaire.

Une grosse branche d'arbre dérivait, et l'amas de feuilles bien vertes qui le surmontait paraissait incongru et faisait tache sur la couleur boueuse de l'eau agitée.

Andreï descendit l'amas de rochers et de poutrelles effondrées et sauta dans l'eau sans même prendre la peine de retenir vraiment son souffle. Il refit surface en crachant et affronta les tourbillons en agitant les bras et les jambes. Il tenta de s'approcher de la branche, la rata de peu, coula puis refit surface et agrippa une poignée de feuilles et se hissa à moitié sur la branche et se laissa emporter avec elle par le courant en battant des pieds pour rejoindre l'autre rive dans une longue diagonale. Quand il y parvint, il était épuisé. Il rampa sur la rive en se demandant sur quelle distance il avait dérivé. Cela lui avait paru très long, le courant était fort et les rives avaient défilé, embrouillées, confuses.

Il était trop fatigué pour reprendre la route maintenant. Il resta sur la rive dans ses vêtements mouillés et les laissa sécher au soleil. Il avait chaud et froid en même temps et toutes les blessures sur son corps avaient été nettoyées par son séjour dans l'eau. Les lèvres des plaies étaient blanches. Il dormit un peu puis se releva péniblement. L'ancienne blessure à la jambe le faisait souffrir, mais tout son corps était douloureux et il marcha d'abord lentement, puis le sang se remit à circuler et il accéléra le pas. Il pensa qu'il ne connaissait toujours pas le nom de la jeune femme. Mais c'était vers elle qu'il allait, où qu'elle fût.

Il arriva dans la ville portuaire de Rostov-sur-le-Don à la fin du mois d'août. Beaucoup de réfugiés y convergeaient dans l'espoir de quitter le pays par le fleuve, en payant le passage sur l'un des nombreux bateaux, cargos et caboteurs qui descendaient vers la mer Noire puis la Turquie. Le fleuve était une échancrure dans le continent, une ouverture sur le reste du monde, et il paraissait logique que le trop-plein s'y déverse pour aller s'éparpiller dans les autres régions du globe, ou du moins était-ce l'espoir de ceux qui avaient encore les moyens de conserver un espoir.

Ils étaient allongés partout près des quais, sur chaque surface dégagée, sur chaque banc, sur le bitume, dans les plates-bandes, ou assis sur des caisses en attendant les bateaux qui voudraient bien les prendre. Beaucoup étaient malades ou épuisés et ne voulaient pas bouger, sinon il leur aurait fallu se battre pour trouver un autre endroit pour s'étendre et prendre un peu de repos. C'était une énorme file d'attente chaotique qui s'étendait dans toutes les directions. Ils étaient des milliers, et les autorités de la ville ne savaient absolument pas quoi faire avec tous ces gens, aussi ne faisaient-elles rien et les laissaient-elles là en se contentant de leur interdire de sortir du périmètre ou d'envahir les quais, car le plus important était de laisser la voie libre pour le transport des marchandises.

Attirés comme la vermine, des commerçants de fortune vendaient à prix d'or du pain dur et des légumes flétris, et puisqu'il n'y avait pas de toilettes, tout le secteur sentait l'égout et les mouches bourdonnaient sans cesse en nuage au-dessus de tout ça et les gens tombaient malades et vomissaient et avaient la diarrhée, et les mouches passaient d'un tas de merde à l'autre en transportant les maladies. C'était la fin du mois d'août et il régnait une chaleur insupportable qui pesait comme un couvercle sur cette foule affalée qui se décomposait chaque jour un peu plus.

Une fois par semaine, les autorités portuaires plongeaient des tuyaux dans le fleuve et activaient des pompes et arrosaient tout ça, les gens et la merde ensemble, et ceux qui ne pouvaient pas se lever restaient couchés et s'étouffaient en recevant dans la bouche et les narines ce mélange nauséabond d'eau, de merde et de détritus. C'était aussi l'occasion de dénombrer les morts et de les emporter. Quand un bateau accostait, tous ceux qui le pouvaient se massaient à l'entrée du quai en tendant leur argent pour s'acheter un passage. Mais les capitaines ne laissaient monter à bord qu'une poignée de gens bien vêtus et propres et sains, venus directement des entrepôts de la compagnie navale, escortés par des sergents d'armes.

Les réfugiés étaient entassés les uns sur les autres et Andreï n'avait d'autre choix que de marcher sur eux pour chercher la jeune femme, écrasant de ses semelles des mains et des jambes et des torses. La sueur piquait ses yeux, il examinait avec attention les visages des vivants et des morts. C'était étrange, il redoutait de ne pas la reconnaître, et pourtant, lorsqu'il finit par la découvrir, assise sur le sol, le dos appuyé contre un mur, les yeux fermés et son bébé accroché à un sein maigre et flasque qui ne contenait plus de lait, tout de suite, il n'y eut plus qu'elle et son bébé, tout le reste

131

cessa immédiatement d'exister, et c'était comme s'il rentrait à la maison en approchant d'eux.

L'enfant paraissait dormir en tétant. Andreï s'accroupit près de la jeune femme en poussant des hanches un homme qui, courbé en deux, toussait à s'arracher les poumons. Andreï attendit qu'elle se réveille. Il avait fait tout ce chemin pour la retrouver et il attendait qu'elle se réveille et c'était tout ce qu'il pouvait faire pour le moment.

Il se pencha sur la tête de l'enfant et respira l'odeur de ses cheveux. Il avait peur, à présent qu'il les avait retrouvés, de les quitter, mais ils dormaient profondément et il fallait trouver de l'eau et quelque chose à manger.

On manquait de tout dans les entrepôts bien gardés, à l'exception d'armes et de munitions. Mais il y avait dans une pièce à part des céréales, du vin et du lait destinés au commerce pour défrayer les coûts de la révolution, tandis qu'à côté mouraient de faim ceux pour qui la révolution était faite. Andreï préleva au couteau une part d'une meule de fromage grosse comme une roue de chariot. Il emplit ses poches d'amandes et vida une bouteille de la vodka qu'elle contenait pour la remplir de lait. Il revint près de la jeune femme.

Elle n'avait pas bougé mais ses yeux étaient ouverts. Elle caressait machinalement la tête du petit et lui donnait maintenant son autre sein à téter, qui était tout aussi flasque et vide et déprimant que l'autre. Les joues de la jeune femme étaient creuses et son teint était cireux. La nuit tomba. Andreï déposa quelques amandes sur les cuisses de la jeune femme. Elle ne les vit pas, même après qu'Andreï eut retiré sa main. Alors Andreï cassa un petit bout de fromage. Avec l'index et le pouce, il poussa le morceau de fromage entre les lèvres de la jeune femme en prenant garde de ne pas la toucher. La langue de la jeune femme frémit quand sa salive se parfuma en mouillant le fromage. Elle agita la mâchoire et le fromage disparut derrière ses dents et la jeune femme avala. Andreï passa la nuit à la nourrir comme un oisillon et au matin, quand le soleil se leva, elle semblait avoir repris des couleurs, mais peut-être était-ce seulement l'éclat rougeoyant du soleil qui colorait ses joues.

Les gens trop faibles pour marcher n'essayaient même plus de se faire embarquer dans les bateaux qui descendaient vers le sud après qu'on les avait déchargés.

Il fallait avant tout que la jeune femme reprenne des forces si elle voulait quitter cet endroit. Il fallait qu'elle en retrouve le désir. Cela prenait du temps et Andreï s'inquiétait, car la Maladie était arrivée sur les quais de Rostov-sur-le-Don.

La Maladie attaquait et en trois jours la moitié de ceux qui étaient atteints en mouraient. Plus de la moitié. D'abord c'était la faiblesse et ensuite la fièvre, puis une toux sèche et pénible, et ensuite la mort. Il n'y avait pas de remède. Il fallait partir, trouver un autre endroit pour embarquer. Il fallait partir pour éviter la contagion, car déjà ça toussait un peu partout, et les poumons sécrétaient une mort invisible et microscopique que la toux expulsait, mais Andreï ne pouvait rien expliquer de tout ça à la jeune femme ni à personne. Il fallait qu'elle décide elle-même de partir pour aller tenter sa chance ailleurs. Il fallait qu'elle reprenne des forces.

Il continua de la nourrir, et quand il ne resta ni fromage ni amandes, il retourna aux entrepôts, mais les portes étaient cadenassées et il revint les mains vides.

Il resta dès lors près de la jeune femme. Il poussait sans ménagement ceux qui s'approchaient trop, il défendait à coups de pieds le territoire de la jeune femme et de l'enfant. Il avait un plan. Il voyait exactement ce qu'il convenait de faire. Avec suffisamment d'argent, on pouvait tout. On pouvait échapper aux pièges et même échapper aux microbes et à toutes les sales petites bêtes invisibles.

Pendant qu'elle dormait et reprenait lentement des forces, il regardait les grands bateaux rouillés qui continuaient à décharger leurs marchandises et à en embarquer d'autres. Les bateaux n'avaient plus de voiles depuis longtemps, ils brûlaient du charbon et laissaient dans le ciel de grandes traînées noires qui ressemblaient à une écriture chinoise. Parfois le bébé pleurait doucement et la jeune femme lui tendait l'autre sein sans s'éveiller tout à fait. Il paraissait trop affaibli pour vraiment s'énerver et crier comme il l'avait fait une semaine après sa naissance, quand il avait eu des coliques et que son visage était devenu tout rouge. Andreï avait eu très peur, mais la jeune femme avait couché le bébé sur le dos et lui avait massé le ventre en chantant, et quelques minutes plus tard le bébé avait expulsé une diarrhée verdâtre et pleine de grumeaux. Il était redevenu tout rose et il s'était endormi peu après, pendant que la jeune femme nettoyait les langes, et Andreï avait vu le bébé sourire dans son sommeil, son premier sourire.

Il ne venait plus de réfugiés. Sans doute les dirigeait-on ailleurs, mais pour le moment, il n'arrivait plus personne, et personne ne pouvait s'en aller. Andreï avait regardé sans bouger les débardeurs ériger des sortes de palissades pour bloquer les points d'accès, et il y avait des soldats armés qui patrouillaient derrière les palissades. Ils portaient des foulards sur la bouche et le nez, et ils avaient des bouteilles d'esprit-de-vin dans la poche de leur vareuse dont ils se servaient pour mouiller les mouchoirs. Beaucoup s'inquiétaient parmi les réfugiés de se voir enfermer ainsi. Un médecin était venu expliquer qu'il s'agissait d'une quarantaine, une simple mesure de précaution. Mais le médecin n'était pas entré dans le périmètre de sécurité pour parler aux réfugiés, il était resté prudemment en retrait de la palissade de sécurité, juché sur une caisse en bois qui contenait du matériel agricole, du moins c'était ce qui était écrit sur la caisse, au pochoir. Après la visite du médecin, quelques hommes mieux portants avaient tenté une sortie, mais des coups de feu tirés en l'air leur avaient vite fait entendre raison et ils étaient retournés s'asseoir pour attendre.

À la tombée de la nuit, Andreï se leva et fit un tour pour examiner les palissades. Ce n'était pas bien sérieux et il n'aurait eu aucun mal à les franchir, mais comment aurait fait la jeune femme avec son bébé dans les bras ? Ils auraient pu aussi mettre les caisses les unes sur les autres et accéder aux toits et partir par là. Ou alors se jeter à l'eau et nager pour rejoindre le courant principal et descendre le Don sur le dos en se laissant porter. Il imaginait bien la scène, lui qui ne savait pas nager. Ça le fit rire. Il secoua la tête et retourna près de la jeune femme et lui donna les dernières miettes du fromage. Il s'éveilla à plusieurs reprises pendant la nuit. Des silhouettes se déplaçaient sans bruit et faisaient les poches de ceux qui dormaient à la recherche de quelque chose à manger, ou alors ils voulaient de l'argent. Andreï leur donnait des coups de pieds, et quand ça ne suffisait pas, il les faisait saigner en les immobilisant. Quand il les lâchait, ils disparaissaient dans la nuit, confus, hébétés.

Plus de la moitié des réfugiés semblaient atteints par la Maladie et ceux qui ne l'avaient pas protestaient et criaient et tentaient de s'enfuir. Quelques-uns furent repoussés à coups de crosses. Ils réclamaient le médecin, et quand celui-ci apparut, juché sur sa caisse de matériel agricole, il paraissait soucieux et nerveux et il leur raconta en très peu de mots ce qu'était cette Maladie. Il dit qu'elle avait fait le tour du monde, qu'elle était partie d'Asie et avait transité par l'Amérique avant d'aboutir ici. Il dit qu'il ne pouvait rien faire pour les aider. Je suis désolé. Il avait l'air désolé, en effet. Il était très jeune et il n'avait sans doute pas eu le temps de terminer tout à fait ses études avant d'être enrôlé.

Il leur fit porter des paniers de pain et des tonneaux emplis d'eau fraîche. Les soldats tenaient les réfugiés en joue pendant qu'ils perçaient les tonneaux, puis ils reculèrent et remirent la palissade en place. Ceux qui avaient faim parmi les réfugiés se ruèrent sur les paniers de pains, et trois minutes plus tard il ne restait plus rien. Il y eut des bagarres parce que les plus forts avaient pris tout le pain pour eux, mais comme ils étaient les plus forts, ils n'eurent pas à se battre longtemps. Ils abandonnèrent quelques miches et les autres se jetèrent dessus et se les disputèrent entre eux. Les miettes.

Pour l'eau, il fallait être en mesure de se lever pour aller boire en plongeant la tête dans les tonneaux, ou alors tenter d'en prendre un peu dans ses mains réunies en coupe pour en apporter à ceux qui ne pouvaient pas bouger. Ce n'était pas une solution bien efficace, alors des mères aspiraient l'eau dans leur bouche sans l'avaler et retournaient à leur place et laissaient couler l'eau dans la bouche de leurs maris et de leurs enfants malades, et des hommes faisaient de même avec leurs femmes et avec les vieux et toute cette eau devint très vite contaminée. Ceux qui avaient de la fièvre avaient une grande soif et ils réclamaient toujours de l'eau, et comment pouvait-on la leur refuser?

Sous l'effet de la chaleur, le lait dans la bouteille avait tourné et ils n'avaient plus rien à boire, et Andreï avait très peur que la jeune femme ne se décide à parcourir la distance jusqu'aux tonneaux pour s'abreuver s'il la laissait seule trop longtemps. Avec son couteau, il coupa en fines bandelettes le tissu de son pantalon et celui de sa veste, mais ce n'était pas assez, alors il prit des vêtements autour de lui à des gens qui de toute façon suaient à cause de la fièvre, et il découpa de nombreuses bandelettes qu'il noua les unes aux autres pour en faire une longue corde de tissu dont il attacha un bout au goulot de la bouteille. Puis il se dirigea vers la palissade qui bloquait l'entrée des quais. Il lui fallait lancer la bouteille par-dessus la palissade et assez loin pour qu'elle tombe dans l'eau sans se fracasser sur les pavés. Il aurait pu sans problème escalader la palissade et s'approcher du quai et laisser descendre la bouteille, mais il ne voulait pas perdre la jeune femme de vue. Il réussit son lancer du premier coup et il tira lentement sur la cordelette en espérant que la bouteille ne se coince nulle part. Quand il la ramena à lui, elle était à moitié pleine d'une eau un peu brouillée et couleur de rouille, mais c'était mieux que l'eau contaminée des tonneaux. Il retourna vers la jeune femme et en fit couler un peu dans sa bouche. Elle avala sans rien remarquer, puis elle s'étouffa et toussa. Bien après que les gouttelettes d'eau eurent été chassées de ses poumons, elle toussait encore. Andreï approcha sa paume du front de la jeune femme et s'arrêta à un cheveu de la toucher. Elle était brûlante. Il retira sa main et se mordilla l'intérieur des joues.

De la pointe du couteau, il découpa la robe en veillant à ne pas toucher le petit, il écarta les deux pans de la robe et il dénuda la jeune femme jusqu'à la taille, puis il versa un peu d'eau sur le torse et les seins flasques, tout ratatinés, et ensuite il souffla sur elle et il agita ses mains pour créer des courants d'air et la rafraîchir. Dès que l'eau avait séché sur la peau de la jeune femme, il l'éclaboussait à nouveau et soufflait et agitait les mains. Il soufflait de tous ses poumons en prenant bien soin de pincer les lèvres afin que l'air expulsé soit le plus frais possible. Il retira sa chemise et l'agita comme un éventail, vite, plus vite. Il rajoutait de l'eau et soufflait et portait la main tout près du front de la jeune femme, qui brûlait.

Il ne prenait pas le temps de se reposer. Quand le soleil était haut dans le ciel, il soufflait plus fort. Il accueillait avec soulagement les ombres de la fin de journée. Il s'arrêtait de souffler quand la tête venait à lui tourner, et il attendait que ça cesse et il recommençait. Il s'arrêtait aussi pour aller près de la palissade et lancer et remplir la bouteille et la ramener en courant en évitant de glisser sur les cadavres et les vomissures et les flaques de merde liquide, car il redoutait de tomber et de briser la bouteille.

L'enfant aussi devint très chaud, et Andreï arrosa également l'enfant après avoir défait ses langes. Il souffla sur lui aussi et agita les mains pour faire du vent et dissiper les vapeurs de la fièvre et chasser les démons qui s'étaient emparés du corps de la jeune femme et de celui de l'enfant, et c'est exactement ce qu'il faisait, il chassait les démons avec sa bouche et ses mains et la toile crasseuse de sa chemise, il chassait les démons avec son souffle. Il chassait les démons en soufflant dessus, longtemps. Trois fois le soleil dans le ciel. Quatre fois la nuit.

Il lança la bouteille au-dessus de la palissade et l'entendit se fracasser sur les pavés. Il tira sur la corde et la ramena à lui jusqu'à ce qu'il vît apparaître le col de la bouteille, cassé au niveau de l'épaule. Il resta un long moment sans bouger en clignant des yeux. Il passa sa langue sur ses lèvres sèches puis il lâcha la corde et se détourna de la palissade et voulut retourner près de la jeune femme et de l'enfant, mais ça semblait très loin. Il s'arrêta parce qu'il était fatigué puis il regarda en l'air. Le soleil était très haut et brillait dans un ciel très bleu, intense. Le bourdonnement était assourdissant. Il voyait un oiseau planer, là-haut, si haut qu'il ne savait pas si c'était une buse ou un autre oiseau de proie. Il dut faire un effort pour baisser le regard et voir où il mettait ses pas.

Tous les survivants s'étaient massés contre les murs et les palissades et ils avaient repoussé du pied les cadavres vers le centre. Ils gardaient les yeux fermés pour ne pas voir les mouches pondre leurs œufs dans la chair des enfants, des sœurs, des mères, des grands-pères et des grands-mères. Des millions de mouches et des millions d'asticots grouillaient dans les yeux des cadavres les plus récents, et dans la chair ouverte des cadavres plus anciens, qui éclataient sous la pression des gaz.

Andreï avança d'un pas puis d'un autre. C'était difficile. Les pas les plus difficiles qu'il avait eus à faire. Il pensa qu'il avait marché toute sa vie, qu'il avait pendant toutes ces années marché pour arriver quelque part, et il pensa que cet endroit était ici. Précisément ici. Il était arrivé. Tous ces pas. Mais non, il n'y avait pas de but. Il fallait marcher, c'est tout. Un après l'autre, sans cesse. Jusqu'à ne plus en être capable. C'était simple au fond.

Il leva une main pour chasser de la paume la sueur grasse qui coulait dans ses yeux. Il la voyait là-bas. Elle se tenait bien droite dans sa robe rafistolée et son bébé appuyé sur sa hanche avait les poings fermés. Ses petits bras bougeaient dans tous les sens. Andreï lui sourit en agitant la main. Le bébé cria. La jeune femme souleva son enfant et le porta à son épaule. D'une main, elle soutenait ses fesses et, de l'autre, elle lui donnait des petites tapes dans le dos. Elle lui chuchota quelque chose à l'oreille.

Andreï sentait son sang battre à ses tempes. Il fit encore un pas. La jeune femme déposa son enfant sur le sol et, en lui tenant les mains, elle semblait l'encourager à marcher. Puis elle s'accroupit et le prit dans ses bras et le serra très fort et plongea son regard dans celui d'Andreï en esquissant un sourire, mais il ne pouvait en être certain parce que le vol des mouches brouillait l'image de la jeune femme. Lorsqu'elle bougea les lèvres, il crut y lire un remerciement silencieux, mais de cela non plus il ne pouvait être assuré. Alors il avança encore un peu, un pas de plus, en souriant lui aussi, puis il s'écroula sur le sol poisseux.

Les camions de l'unité médicale arrivèrent dans le port de Rostov pour séparer les morts des vivants et brûler les premiers et soigner les seconds.

Un à un les survivants quittèrent le périmètre de sécurité et on les fit défiler jusqu'à une tente à l'entrée de laquelle ils durent entièrement se dévêtir et jeter leurs vêtements dans des tonneaux d'acier, puis ils pénétrèrent sous la tente et on les doucha avec un antiseptique. On leur donna une couverture et un bol de soupe chaude, et ensuite les survivants attendirent dans d'autres tentes qu'un des deux médecins puisse les examiner. Ils étaient encore craintifs et se demandaient ce qu'on allait faire d'eux, mais ils savaient qu'ils avaient été malades et qu'ils ne l'étaient plus, et c'était un soulagement.

Les vivants nécessitaient les soins spécialisés des infirmières et des médecins, mais n'importe qui pouvait s'occuper des morts. Ils étaient deux. Un vieux qui ne parlait pas beaucoup et un jeune avec des lunettes cerclées de métal. On ne savait pas ce qu'ils avaient fait pour qu'on leur confie ce travail, mais ils le faisaient sans rechigner.

Ils actionnèrent la pompe et, avec le tuyau et la lance à incendie, ils arrosèrent le pavé et les cadavres, chassant les mouches et noyant les asticots. Un camion recula sur la place et déchargea de sa benne un monticule de chaux vive. Les deux hommes prirent chacun une pelle et étalèrent un peu de chaux sur les cadavres. Le jeune avec des lunettes portait des gants et un masque de chirurgien sur le nez et la bouche. Le vieux portait seulement un masque.

Vers midi, ils prirent leur déjeuner à l'écart des cadavres. Le jeune tentait de faire la conversation, mais le vieux se contentait la plupart du temps de hocher la tête, alors ils finirent leur repas en silence puis essuyèrent leurs mains sur leur pantalon et se remirent au travail. Le jeune prenait les cadavres aux épaules et le vieux agrippait leurs chevilles et ensemble, dans un geste très bien coordonné par l'habitude et la répétition, ils balançaient les corps et les projetaient dans la benne du camion qui avait transporté la chaux jusqu'ici. Quand ils eurent fini, quand ils eurent chargé les cadavres, le vieux donna une grande tape sur le côté du camion et le chauffeur partit avec sa cargaison et traversa la ville en direction de la fosse qu'avaient creusée les soldats dans le sol meuble d'un champ de patates abandonné.

Merde, dit le vieux une fois le camion parti.

Quoi?

On en a oublié un.

Tu blagues?

Regarde.

Qu'est-ce qu'il fait là?

Le vieux ne répondit pas.

Comment on a fait pour l'oublier?

Le vieux se grattait le crâne.

Le jeune haussa les épaules. Il regarda dans la direction qu'avait prise le camion.

Qu'est-ce qu'on fait?

Le vieux s'approcha du corps. Il ne semblait pas particulièrement abîmé bien qu'il fût maigre et vêtu de haillons tailladés. Il était couché sur le ventre et c'était un homme aux cheveux gris et noirs. Le vieux se pencha et retourna le corps sur le dos, mais le visage ne lui disait rien.

Qu'est-ce que c'est que ça?

Le plus jeune se pencha à son tour et tendit la main vers la poitrine de l'homme et la plongea dans l'échancrure de la chemise. C'était un petit miroir pas plus grand que la paume d'une main, encadré de baguettes de noyer joliment sculptées. Le miroir était attaché au cou de l'homme par un lacet de cuir.

Le jeune homme à lunettes fit passer la courroie de cuir par-dessus la tête du cadavre. Il se redressa et lut l'inscription gravée au fer rouge dans la baguette de noyer.

Juste moi.

Tu y comprends quelque chose?

Le vieux ne répondit pas. Il regarda alentour. Ils étaient seuls, le jeune et lui. Les soldats étaient partis, le camion était parti.

Aide-moi.

Il prit le cadavre par les chevilles et attendit que le jeune mette le miroir dans sa poche et remette ses gants et glisse ses mains sous les aisselles du cadavre, puis ensemble ils le soulevèrent. Le vieux indiqua le fleuve du menton. Ils transportèrent le corps jusqu'au quai puis, après avoir vérifié encore une fois qu'ils étaient seuls, ils laissèrent tomber le corps dans le Don puis retournèrent vers le périmètre de sécurité, car il fallait encore étendre de la chaux sur le sol puis tout nettoyer avec la lance à incendie.

Le corps coula en tournant lentement sur lui-même. Des rubans de bulles s'en dégageaient, se déroulaient et venaient crever à la surface, longs chapelets d'oxygène qui étaient les ficelles gazeuses d'une marionnette abandonnée par son manipulateur.

Dans la mouvante lueur sous-marine aux couleurs effacées, le visage d'Andreï semblait reposé. Refermés pour de bon sur l'image de la jeune femme et de son enfant, ses yeux accueillaient sans ciller le vide chatoyant des jeux de lumière que le cerveau n'enregistrait plus. Son corps se déposa sur le fond rocheux avec une douceur qu'il n'avait pas connue de son vivant. Désormais il resta immobile, oscillant seulement au gré des courants de fond qui l'ancrèrent peu à peu entre deux rochers et un morceau de ferraille, restes rouillés d'un essieu de remorque qu'en des temps plus prospères on avait préféré jeter à l'eau plutôt que d'en récupérer le métal.

En le voyant arriver, les goujons s'effrayèrent et allèrent se réfugier plus loin, sous des rochers et derrière les piliers du quai. Au bout d'un certain temps, comme il ne se passait rien, ils reprirent tranquillement leurs activités de poissons.

Certains d'entre eux s'enhardirent et goûtèrent la chair quand elle commença à se décomposer. Ils frétillaient, arrachant des petits bouts visqueux qu'ils devaient parfois abandonner aux crustacés qui les leur disputaient. Puis d'autres poissons vinrent, plus gros, qui chassèrent les petits en périphérie, et ils furent de plus en plus nombreux à se bousculer pour se repaître du corps. Bientôt il n'en resta que des ossements qui, avec le temps, se pétrifièrent.

Encore quelques années, et plus rien ne les distinguerait du fond rocheux.

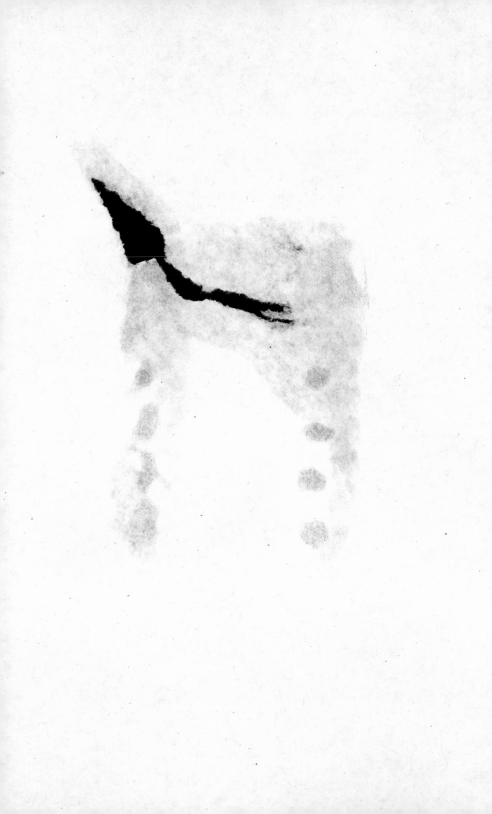

OUVRAGE RÉALISÉ
PAR LUC JACQUES, TYPOGRAPHE
ACHEVÉ D'IMPRIMER
EN SEPTEMBRE 2008
PRESSES DES
NF

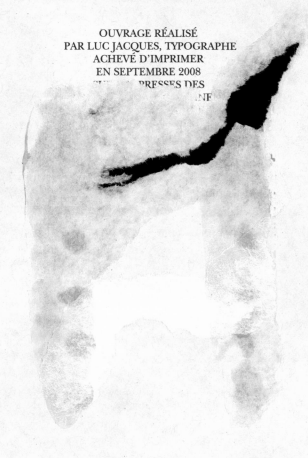

DÉPÔT LÉGAL
1re ÉDITION : 3e TRIMESTRE 2008
(ÉD. 01 / IMP. 01)